檐曝杂记 秦淮画舫录

[清] 赵翼 捧花生 撰 曹光甫 赵丽琰 校点

图书在版编目(CIP)数据

檐曝杂记　秦淮画舫录／(清)赵翼 捧花生撰；
曹光甫 赵丽琰校点. —上海：上海古籍出版
社，2012.11(2023.8 重印)
(历代笔记小说大观)
ISBN 978-7-5325-6331-9

Ⅰ.①檐… ②秦… Ⅱ.①赵… ②捧… ③曹… ④赵…
Ⅲ.①笔记小说-小说集-中国-清代 Ⅳ.①I242.1

中国版本图书馆 CIP 数据核字(2012)第 044975 号

历代笔记小说大观

檐曝杂记　秦淮画舫录

〔清〕赵　翼　捧花生　撰
曹光甫　赵丽琰　校点
上海古籍出版社出版发行
(上海市闵行区号景路 159 弄 1-5 号 A 座 5F　邮政编码 201101)
(1) 网址：www.guji.com.cn
(2) E-mail：guji1@guji.com.cn
(3) 易文网网址：www.ewen.co
常熟文化印刷有限公司印刷
开本 635×965　1/16　印张 13　插页 2　字数 176,000
2012 年 11 月第 1 版　2023 年 8 月第 2 次印刷
印数：2,101-3,200
ISBN 978-7-5325-6331-9
Ⅰ·2485　定价：32.00 元
如有质量问题,请与承印公司联系

总　目

檐 曝 杂 记

［清］赵 翼 撰

曹光甫 校点

校 点 说 明

　　赵翼(1727—1814),字云崧(或作耘菘、耘崧、云松),号瓯北,晚因目半昧、耳半聋、喉音半哑而自号"三半老人"。江苏常州府阳湖县(今武进)人,故居在戴溪桥。清中期著名史学家、诗人。早岁家境贫困,乾隆十四年(1749)起入京谋生谋官,中举中进士,曾职内阁中书、军机中书、翰林院编修充方略馆纂修官,先后四度扈从清高宗秋狝木兰,四次被钦点为顺天乡试、武乡试、会试主考或同考官。对皇家礼仪、朝章国典、枢府变迁、政要人事等均相当谙熟。乾隆三十一年(1766)起外放,历任广西镇安、广东广州知府,贵州贵西兵备道,还曾赴云南参与擘画征讨缅甸之役。外任凡七年,于两粤及黔、滇阅历丰富。乾隆三十七年(1772),四十六岁的赵翼急流勇退,回乡以读书著述自娱。一生著述宏富,不下十余种,大都刊入《瓯北全集》中。

　　《檐曝杂记》六卷续一卷系作者生平零散笔记、杂录的结集。前四卷结撰严谨,大致按时间顺序记录在京与京外任职生涯。赵翼颇自负,又不甚得志,所以笔端时露感慨之情,有以记述亲身经历闻见为经,揄扬本人才学吏绩为纬的特点。如卷二《辛巳殿试》对自己试卷出众稳获状元而忽被清高宗一语而易为一甲三名的探花就深有微词。其所记朝廷掌故中,以卷一军机处的形成及军机大臣的活动等数则最具史料价值,可见封建中央集权的进一步发展深化。其他记载,大抵以稀见罕闻或奇异壮观为特色。如乾隆皇太后六十寿诞京城盛大庆典,乾隆帝万寿节在热河行宫演大戏,圆明园元宵夜瑰丽烟火，都规模空前，繁华无比。又如西南边陲少数民族的奇特风俗，湍流险滩、冲天瀑布、莽莽树海、珍珠温泉、巨大榕树等险怪壮景，面木、酒树、鸡血藤、山羊、石羊、蛤蚧等土仪特产，在在使人目不暇接。再如西洋钟表、千里镜、乐器、海船的珍异精巧以及西洋黑人、白人的生活情景等，使人眼界顿阔。作者描述时文笔生动、形象逼真，如粤西滩峡之险："满江如沸，有数千百旋涡。"镇安府树海之奇："每风来万叶皆飐，如山之鳞甲，全身皆动。"均使人如历其境。作者在记述描写同时还常予评论，如清高宗每年木兰巡狩，"非特使旗兵肄武习劳，实以驾驭诸蒙古，使之畏威怀德，弭首帖伏而不敢生心也"；对西洋钟表等制器绝技则云："西洋远在十万里之外，乃其法更胜。可知天地之大，到处有开创之圣人，固不仅羲、轩、巢、燧已也。"都是精辟之论。后二卷及续卷内容较杂，多为读书笔记及摘抄，间或考证史事，其中抄有许多谜语、俗语和中医药方，且多重见叠出，露出未能惨淡经营而仓促付梓痕迹。《文献征存录·赵翼传》称《檐曝杂记》"体例稍杂，未为善本"，若专指后半部而言，不无道理。

赵翼各种著作均请人作序或自识，作者嘉庆十七年（1812）八十六岁时所刊五十三卷《瓯北集》也不例外。唯独《檐曝杂记》无序跋自识，且部分内容凌乱而未加删汰整理，不类赵氏本人出书风格。由此推断此书或系于赵翼身殁不久，由其子裒集而汇刊入《瓯北全集》。

此次点校，以乾隆嘉庆湛贻堂藏版刊《瓯北全集》本为底本，参考光绪三年（1877）寿考堂刊本，纠正补充若干错漏字。避讳字则径改。少数民族称呼一律改用今通行文字。书前原无标目，今据正文补编目录置前，正文原无标题者仍付阙如。点校疏误处，敬请读者指正。

目　　录

卷一

军　机　处

军机处本内阁之分局。国初承前明旧制，机务出纳悉关内阁，其军事付议政王大臣议奏。康熙中，谕旨或有令南书房翰林撰拟，是时南书房最为亲切地，如唐翰林学士掌内制也。雍正年间，用兵西北两路，以内阁在太和门外，儤直者多虑漏泄事机，始设军需房于隆宗门内，选内阁中书之谨密者入直缮写，后名军机处。地近宫庭，便于宣召。为军机大臣者皆亲臣重臣，于是承旨出政皆在于此矣。直庐初仅板屋数间，今上特命改建瓦屋，然拟旨犹军机大臣之事。先是，世宗宪皇帝时，皆桐城张文和公廷玉为之。今上初年，文和以汪文端公由敦长于文学，特荐入以代其劳。乾隆十二三年间，金川用兵，皆文端笔也。国书则有舒文襄赫德及大司马班公第，蒙古文则有理藩院纳公延泰，皆任属草之役。迨傅文忠公恒领揆席，满司员欲藉为见才营进地，文忠始稍假之。其始不过短幅片纸，后则无一非司员所拟矣。文端见满司员如此，而汉文犹必自己出，嫌于揽持，乃亦听司员代拟。相沿日久，遂为军机司员之专职，虽上亦知司员所为。其司员亦不必皆由内阁入，凡部院之能事者皆得进焉，而员数且数倍于昔。此军机前后不同之故事也。

按：出纳诏命，魏以来皆属中书，故六朝时中书令极贵，必以重臣为之。而中书令官尊，不常亲奏事，多令中书舍人入奏，于是中书舍人亦最为权要地。唐初犹然，高宗时始分其职于北门学士，玄宗时又移于翰林学士，于是中书门下之权稍轻。迨唐中叶以后，宦者操国柄，设为枢密使之职，生杀予夺皆由此出，而学士及中书俱承其下流。是以枢密一官，极为权要。昭宗时大诛宦官，宫中无复奄寺，始命蒋玄晖为之，此枢密移于朝臣之始。

地居要津，人所竞羡，故宣徽使孔循欲得其处，辄谮玄晖于朱全忠而杀之。朱梁改为崇政院，以敬翔为使。后唐复名枢密，以郭崇韬为使。明宗时，安重诲为使。晋高祖以枢密使刘处尚不称职，乃废此职，归其印于中书，而枢密院学士亦废。出帝时，桑维翰复之，再为枢密使。周世宗时，王朴为之。是五代时之枢密院，即六朝之中书；其于唐，则国初之中书、中叶之学士、末季之枢密，合而为一者也。至宋、金则枢密使专掌兵事，与宰相分职，当时谓之两府，而他机务不与焉。元时，军国事皆归中书省。明太祖诛胡惟庸后，废中书省不设，令六部各奏事，由是事权尽归宸断。然一日万机，登记撰录不能不设官掌其事，故永乐中遂有内阁之设。批答本章，撰拟谕旨，渐复中书省之旧。其后天子与阁臣不常见，有所谕，则命内监先写事目，付阁撰文。于是官内有所谓秉笔太监者，其权遂在内阁之上，与唐之枢密院无异矣。本朝则宦寺不得与政。世祖章皇帝亲政之初，即日至票本房，使大学士在御前票拟。康熙中，虽有南书房拟旨之例，而机事仍属内阁。雍正以来，本章归内阁，机务及用兵皆军机大臣承旨。天子无日不与大臣相见，无论宦寺不得参，即承旨诸大臣亦只供传述缮撰，而不能稍有赞画于其间也。按五代、宋、金枢密院皆有学士供草制，今军机司员，亦犹是时之枢密院学士。

廷　　寄

军机处有廷寄谕旨，凡机事虑漏泄不便发抄者，则军机大臣面承后撰拟进呈。发出即封入纸函，用办理军机处银印钤之，交兵部加封，发驿驰递。其迟速皆由军机司员判明于函外。曰马上飞递者，不过日行三百里。有紧急，则另判日行里数，或四五百里，或六百里，并有六百里加快者。即此一事，已为前代所未有。机事必颁发而后由部行文，则已传播人口，且驿递迟缓，探事者可雇捷足，先驿递而到。自有廷寄之例，始密且速矣。此例自雍正年间始，其格式乃张文和所奏定也。军机印存大内，需用则请出，用毕即缴进。自用兵以来，军报旁午,日或数起,难于屡请屡缴,故每请印出,则钤就封函数百,以便随时取用。而封函无专员收掌,不免狼籍遗失,宜专派一员登记月日数目,庶更为慎重。

军机大臣同进见

军机大臣同进见,自傅文忠公始。上初年,惟讷公_亲一人承旨。讷公能强记,而不甚通文义,每传一旨,令汪文端撰拟。讷公惟恐不得当,辄令再撰,有屡易而仍用初稿者。一稿甫定,又传一旨,改易亦如之,文端颇苦之,然不敢较也。时傅文忠在旁,窃不平。迨平金川归,首揆席,则自陈不能多识,恐有遗忘,乞令军机诸大臣同进见,于是遂为例。诸臣既感和衷之雅,而文忠实亦稍释独记之劳。然上眷倚有加,每日晚膳后阅内阁本章毕,有所商确,又独召文忠进见,时谓之晚面云。

军机不与外臣交接

往时军机大臣罕有与督抚外吏相接者。前辈尝言张文和公在雍正年间最承宠眷,然门无竿牍,馈礼有价值百金者,辄却之。讷公_亲当今上初年,亦最蒙眷遇,然其人虽苛刻,而门庭峻绝,无有能干以私者。余入军机已不及见二公,时傅文忠为首揆,颇和易近情矣。然外吏莫能登其门,督抚皆平交,不恃为奥援也。余在汪文端第,凡书牍多为作答,见湖抚陈文恭伴函不过僮锦二端;闽抚潘敏惠公,同年也,馈节亦不过葛纱而已。至军机司员,更莫有过而问者。闽督杨某被劾入京,人各送币毳数事,值三十余金。顾北墅云入直诧为异事,谓生平未尝见此重馈也。王漱田日杏所识外吏稍多,扈从南巡,途次间有赠遗,归装剩百金,过端午节充然有余,辄沾沾夸于同列,是时风气如此。

军机非特不与外吏接也,即在京部院官亦少往还。余初入时,见前辈马少京兆尝正襟危坐,有部院官立阶前,辄拒之曰:“此机密地,非公等所宜至也。”同直中有与部院官交语者,更面斥不少假,被斥者不敢置一词云。

军机撰拟之速

军机撰述谕旨，向例撰定后于次日进呈。自西陲用兵，军报至辄递入，所述旨亦随撰随进。或巡幸在途，马上降旨，傅文忠面奉后，使军机司员歇马撰缮，驰至顿宿之行营进奏，原不为迟也。然此营至彼营七八十里，必半日方到。而两营之间尚有一尖营，以备圣驾中途小憩者，国语谓之"乌墩"。司员欲夸捷，遂仓猝缮就，急飞驰至乌墩进奏，名曰"赶乌墩"。斯固敏速集事，然限于晷刻，究不能曲尽事理，每烦御笔改定云。

军 机 直 舍

余直军机时，直舍即在军机大臣直庐之西，仅屋一间半，又逼近隆宗门之墙，故窄且暗。后迁于对面北向之屋五间，与满洲司员同直，则余已改官，不复入直矣。扈从木兰时，戎帐中无几案，率伏地起草，或以奏事黄匣作书案而悬腕书之。夜无灯檠，惟以铁丝灯笼作座，置灯盘其上，映以作字。偶萦拂，辄蜡泪污满身。非特戎帐中为然，木兰外有行宫处，直房亦如此，惟多一木榻耳。余归田后，岁庚子上南巡，余恭迎于宿迁，见行宫之军机房明窗净几，华裀绣毯，当笔者倚隐囊欹而坐，颇顾盼自雄。余不觉爽然失也。

圣 躬 勤 政

上每晨起必以卯刻，长夏时天已向明，至冬月才五更尽也。时同直军机者十余人，每夕留一人宿直舍。又恐诘朝猝有事非一人所了，则每日轮一人早入相助，谓之早班，率以五鼓入。平时不知圣躬起居，自十二月二十四日以后，上自寝宫出，每过一门必鸣爆竹一声。余辈在直舍，遥闻爆竹声自远渐近，则知圣驾已至乾清宫，计是时尚须燃烛寸许始天明也。余辈十余人，阅五六日轮一早班，已觉劳苦，孰知上日日如此。然此犹寻常无事时耳。当西陲用兵，有军报至，虽夜半亦必亲览，趣召军机大臣，指示机宜，动千百言。余时撰拟，自起草至作楷进呈，或需一二时，上犹披衣待也。

圣　学　一

上圣学高深，才思敏赡，为古今所未有。御制诗文如神龙行空，瞬息万里。平伊犁所撰告成太学碑文，属草不过五刻，成数千言。读者想见神动天随光景，真天下之奇作也。寻常碑记之类，亦有命汪文端具草者。文端以属余，余悉意结构，既成，文端又斟酌尽善。及进呈，御笔删改，往往有十数语只用一二语易之转觉爽劲者。非亲见斧削之迹，不知圣学之真不可及也。

圣　学　二

上每晨起即进膳，膳后阅部院所奏事及各督抚摺子毕，以次召见诸大臣。或一人独见，或数人同见，日必四五起。最后见军机大臣，指示机务讫，有铨选之文武官，则吏、兵二部各以其员引见。见毕，日加巳，皆燕闲时矣。或作书，或作画，而诗尤为常课。日必数首，皆用朱笔作草，令内监持出，付军机大臣之有文学者，用折纸楷书之，谓之诗片。遇有引用故事，而御笔令注之者，则诸大臣归遍翻书籍，或数日始得，有终不得者，上亦弗怪也。余扈从木兰时，读御制《雨猎》诗，有"著制"二字，一时不知所出。后始悟《左传》齐陈成子帅师救郑篇，"衣制杖戈"注云："制，雨衣也。"又用兵时，谕旨有朱笔增出"埋根首进"四字，亦不解所谓。后偶阅《后汉书·马融传》中，始得之，谓决计进兵也。圣学渊博如此，岂文学诸臣所能仰副万一哉！余直军机时，见诗片乃汪文端、刘文正所书，其后刘文定继之。由诗片抄入诗本，则内监之职。迨于文襄供奉，并诗本亦手自缮写矣。御制诗每岁成一本，高寸许。

圣　射

上最善射，每夏日引见武官毕，即在宫门外较射。秋出塞亦如之。射以三番为率，番必三矢，每发辄中圆的，九矢率中六七，此余所常见者。己巳岁十月，偶在大西门前射，九矢九中。钱东麓汝诚叹为异事，作《圣射记》进呈。不知圣艺优娴，每射皆如此，不足为异也。

皇 子 读 书

本朝家法之严，即皇子读书一事，已迥绝千古。余内直时届早班之期，率以五鼓入。时部院百官未有至者，惟内府苏喇数人，谓闲散白身人，在内府供役者。往来黑暗中。残睡未醒，时复倚柱假寐，然已隐隐望见有白纱灯一点入隆宗门，则皇子进书房也。吾辈穷措大专恃读书为衣食者，尚不能早起，而天家金玉之体，乃日日如是！既入书房，作诗文，每日皆有程课。未刻毕，则又有满洲师傅教国书，习国语，及骑射等事，薄暮始休。然则文学安得不深，武事安得不娴熟。宜乎皇子孙不惟诗文书画无一不擅其妙，而上下千古成败理乱已了然于胸中，以之临政，复何事不办。因忆昔人所谓生于深宫之中，长于阿保之手，如前朝宫庭间逸惰尤甚。皇子十余岁始请出阁，不过宫僚训讲片刻，其余皆妇寺与居，复安望其明道理、烛事机哉？然则我朝谕教之法，岂惟历代所无，即三代以上，亦所不及矣。

皇 子 善 射

一日至张三营行宫，上坐较射。皇子、皇孙以次射。皇次孙绵恩方八岁，亦以小弓箭一发中的，再发再中。上大喜，谕令再中一矢，赏黄马褂。果又中一矢，辄收弓矢跪于前。上若为弗解其意者，问何欲，仍跪而不言。上大笑，趣以黄马褂衣之。仓卒间不得小褂，则以大者裹之，抱而去。童年娴射已是异事，而此种机警在至尊前自然流露,非有人教之,信天界也。

庆　　典

皇太后寿辰在十一月二十五日。乾隆十六年,届六十慈寿,中外臣僚纷集京师,举行大庆。自西华门至西直门外之高梁桥十余里中,各有分地,张设灯彩,结撰楼阁。天街本广阔,两旁遂不见市廛。锦绣山河,金银宫阙,剪彩为花,铺锦为屋,九华之灯,七宝之座,丹碧相映,不可名状。每数十步间一戏台,南腔北调,备四方之乐。倡童妙伎,歌扇舞衫,后部未歇,前部已迎,左顾方惊,右盼复眩。游者如入蓬莱仙岛,在琼楼玉宇中听《霓裳曲》,观羽衣舞也。其景物之工,亦有巧于点缀而不甚费者。或以色绢为山岳形,锡箔为波涛纹,甚至一蟠桃大数间屋,此皆粗略不足道。至如广东所构翡翠亭,广二三丈,全以孔雀尾作屋瓦,一亭不啻万眼。楚省之黄鹤楼,重檐三层,墙壁皆用玻璃,高七八尺者。浙省出湖镜,则为广榭,中以大圆镜嵌藻井之上,四旁则小镜数万,鳞砌成墙。人一入其中,即一身化千百亿身,如左慈之无处不在,真天下之奇观也。时街衢惟听如女乘舆,士民则骑而过,否则步行。绣毂雕鞍,填溢终日。余凡两游焉。此等胜会,千百年不可一遇,而余得亲身见之,岂非厚幸哉! 京师长至月已多风雪,寒侵肌骨,而是年自初十日至二十五日,无一阵风,无一丝雨,晴和暄暖如春三月光景,谓非天心协应,助此庆会乎? 二十四日,皇太后銮舆自郊园进城,上亲骑而导,金根所过,纤尘不兴。文武千官以至大臣命妇、京师士女,簪缨冠帔,跪伏满途。皇太后见景色巨丽,殊嫌繁费,甫入宫即命撤去。以是辛巳岁皇太后七十万寿,仪物稍减。后皇太后八十万寿,皇上八十万寿,闻京师巨典,繁盛均不减辛未,而余已出京不及见矣。

大　　戏

内府戏班子弟最多,袍笏甲胄及诸装具,皆世所未有,余尝于热河行宫见之。上秋狝至热河，蒙古诸王皆觐。中秋前二日为万寿圣节，是以月之六日即演大戏，至十五日止。所演戏率用《西游记》、《封神传》等小说中神仙鬼怪之类，取其荒幻不经，无所触忌，且可凭空点缀，排引多人，离奇变诡作大观也。戏台阔九筵，凡三层。所扮妖魅有自上而下者，自下突出者，甚至两厢楼亦作化人居，而跨驼舞马，则庭中亦满焉。有时神鬼毕集，面具千百，无一相肖者。神仙将出，先有道童十二三岁者作队出场，继有十五六岁、十七八岁者。每队各数十人，长短一律，无分寸参差。举此则其他可知也。又按六十甲子，扮寿星六十人，后增至一百二十人。又有八仙来庆贺，携带道童不计其数。至唐玄奘僧雷音寺取经之日，如来上殿，迦叶、罗汉、辟支、声闻，高下分九层，列坐几千人，而台仍绰有余地。

烟　火

上元夕，西厂舞灯、放烟火最盛。清晨先于圆明园宫门列烟火数十架，药线徐引燃，成界画栏杆五色。每架将完，中复烧出宝塔楼阁之类，并有笼鸽及喜鹊数十在盒中乘火飞出者。未、申之交，驾至西厂。先有八旗骗马诸戏：或一足立鞍鞴而驰者；或两足立马背而驰者；或扳马鞍步行而并马驰者；或两人对面驰来，各在马上腾身互换者；或甲腾出，乙在马上戴甲于首而驰者，曲尽马上之奇。日既夕，则楼前舞灯者三千人列队焉。口唱太平歌，各执彩灯，循环进止，各依其缀兆。一转旋则三千人排成一"太"字，再转成"平"字，以次作"万"、"岁"字，又以次合成"太平万岁"字，所谓"太平万岁字当中"也。舞罢，则烟火大发，其声如雷霆，火光烛半空，但见千万红鱼奋迅跳跃于云海内，极天下之奇观矣！

木 兰 杀 虎

上较猎木兰，如闻有虎，以必得为期。初出塞过青石梁，至地名两间房者,其地最多虎。虎枪人例须进一二虎,其职役也。乾隆二十二年秋,余扈从木兰。一日停围,上赐宴蒙古诸王。方演剧而蒙古两王相耳语,上瞥见,趣问之。两王奏云:"适有奴子来报,奴等营中白昼有虎来搏马,是以相语。"蒙古王随驾另驻营,在大营数里外。上立命止乐,骑而出。侍卫仓猝随。虎枪人闻之,疾驰始及,探得虎窝,仅两小虎在。上命一侍卫取以来。方举手,小虎忽作势,侍卫稍陜输,上立褫其翎顶。适有小蒙古突出,攫一虎挟入左腋,又攫一虎挟入右腋。上大喜,即以所褫侍卫翎顶予之。其时虎父已远,惟虎母恋其子,犹在前山回顾。虎枪人尽力追之,历重巇,腾绝涧,上勒马待至日将酉,始得虎归。虎枪人被伤者三人,一最重,赏孔雀翎一枝,银二百两。其二人各银百两。虎已死,用橐驼负而归,列于幔城。自头至尻长八九尺,毛已浅红色,蹄粗至三四围,盖虎中之最大者。

跳驼撩脚杂戏

未至木兰之前,途次每到行宫,上辄坐宫门外较射。射毕,有跳驼、布库诸戏,皆以习武事也。跳驼者,牵驼高八尺以上者立于庭,捷足者在驼旁忽跃起,越驼背而过,到地仍直立不仆,亦绝技也。布库亦谓之撩脚,本徒手相搏而专赌脚力,胜败以仆地为定。其人皆白布短衫窄袖,而领及襟率用布七八层密缝之,使坚韧不可碎。初则两两作势,各欲俟隙取胜;继则互相扭结,以足相掠,稍一失,即拉然仆矣。既仆则敛手退,胜者跪饮一卮而去。

蒙古诈马戏

上每岁行狝,非特使旗兵肄武习劳,实以驾驭诸蒙古,使之畏威怀德,弭首帖伏而不敢生心也。上至热河,近边诸蒙古王公例来迎谒。秋八月万寿节,行宫演大戏十日,蒙古王公皆入宴,兼赐蟒缎诸物。行围兵一千三百名,皆蒙古也。每行围,质明趋事,其王公侍上左右,听指挥惟谨。十余围后,必诹日进宴,上亲临之。是日设大蒙古包作正殿,旁列四蒙古包,以款随驾之王公大臣。奏乐多弦索,极可听。又陈布库、诈马诸戏。布库不如御前人,而诈马乃其长技也。其法驱生驹之未羁靮者千百群,令善骑者持长竿,竿头有绳作圈络。突入驹队中,驹方惊,而持竿者已绳系驹首,舍己马,跨驹背,以络络之。驹弗肯受,辄跳跃作人立,而骁骑者夹以两足,终不下,须臾已络首而驹即帖伏矣。此皆蒙古戏,以供睿赏者也。岁岁如此,不特上下情相浃,且驯而习之于驱策之中,意至深远也。又喀尔喀四大部,地最远,每岁则以一部来入觐。上虽岁岁出塞,而其部须四年一觐;若间岁一出,则其入觐须八年矣。此又驭喀尔喀之长计也。

犬 毙 虎

虎食犬,常也,独围场中犬能毙虎。其犬锐喙高足,身细而长,望之如蛇之四足者。侍卫逐虎不能及,则嗾犬突而前,嗾必三犬。虎方奔,不暇回噬。一犬前啮其后足,虎挣而脱;一犬又噬其一足,虎又一挣;两挣之间,一犬从后直啮其颔,而虎倒矣。然犬恃人为威,非有人嗾之不敢也。

鹰 兔

鹰窠中往往有兔,即鹰所生也。其走能与鹰之飞同捷。凡鹰见兔,必逐而搏之。此兔度不能避,则仰而簇四足于腹,俟鹰至劈而开之,则鹰为所裂矣。

木 兰 物 产

木兰在热河东北三百余里,本蒙古地。康熙中,近边诸蒙古献出,以供圣祖秋狝。今每岁行围,大约至巴颜沟即转而南,不复北矣。“巴颜”,蒙古语,谓富也。其地最多鹿,故云。山多童,惟兴安岭稍有树。全惕庄为热河总管,尝奉旨采木于木兰,谓余云:“巴颜沟之北多大木,伐之,从羊肠河流出。热河宫殿材皆取给于此。”有落叶松,盖气益寒则松叶亦落矣。木兰出麻菇最佳。每秋狝驻营后，土益肥，故所产尤美。俗呼"银盘麻菇"，取其形似，非也。盖"营盘"之讹为"银盘"耳。地有鼠，土疏而坟。一鼠在土中穿突，土辄高起如冢。余初入木兰，见遍地皆冢，疑此中无人居，何得有此。后在戎帐中，日将暮，坐褥前尺许地渐坟起，诧为异事。袁愚谷谓："勿怪，此有鼠在其下也。"明早再入视，则高尺许如冢矣。然后知向所见皆鼠宅也。野鸡味最鲜。初在草中，为人马所惊辄飞起。然飞只在两山间，不能越山而过。力竭则扑而下，入草中尚能冲十余丈，过此则以首伏丛薄，不见人，即自以为人不见矣。俯而拾之，尚活。数十钱即买得，故可煮汤以待鸡之至也。凡水陆之味，无有过此者。土人云，木兰中多榛松子，野鸡食之，故肉尤美云。

蒙 古 食 酪

蒙古之俗羶肉酪浆，然不能皆食肉也。余在木兰，中有蒙古兵能汉语者，询之。谓食肉惟王公台吉能之，我等穷夷，但逢节杀一羊而已。杀羊亦必数户迭为主，刲而分之，以是为一年食肉之候。寻常度日，但恃牛马乳。每清晨男妇皆取乳，先熬茶熟，去其滓，倾乳而沸之，人各啜二碗。暮亦如之。此蒙古人馈粥也。

蒙 古 尊 奉 喇 嘛

蒙古俗最重喇嘛。即僧也。非特近边诸部落也，凡喀尔喀、准噶尔及土鲁番、青海、西番、西藏等处，无不虔奉恐后。喇嘛之首号胡土克图，犹内地所称大和尚也。尤以西藏之达赖喇嘛为大宗，谓之活佛，相传即如来后身，世世轮回者。将死，则自言托生处，其弟子如期往，奉以归，谓之"瑚毕勒罕"。至十六岁始放参，则又为达赖喇嘛。其实伪也。喇嘛死，弟子号谛巴者，访某家生子，辄托言喇嘛后身而迎以归。幼即教以经典。至放参后，有来谒者，谛巴先为述其家世，令喇嘛见之，一二语道著，辄共惊为前喇嘛转世也，故崇信尤甚。然西藏路远，西北各部不能往参，则各有胡土克图掌佛教于国中。大者，其王亦执礼惟谨；小亦各严重于一方。每胡土克图出行，无不膜拜道旁，以金宝戴于首献之。但得其一摩顶，便以为有福，欢喜无量。并不必胡土克图也，即凡为喇嘛者，诸番亦无不尊奉之。所至让穹庐与居，宰羊马，奉酮酪。夜则妻妾子女惟所欲，谓之供养，惟恐不得当。其俗然也。虽愚而可悯，然千百年来习尚如是，故国家于西北诸部，亦因其俗而加礼于胡土克图，有时竟得其用。如乾隆十五年，西藏王朱尔墨特那木扎尔有异志，驻藏大臣傅清及拉布敦诱而手刃之，其番众咸挺而为乱，达赖喇嘛出谕遂止。三十一年，喀尔喀部青滚杂卜断驿道而叛，邻部将应之。其地有哲卜尊丹巴胡土克图，怵于定边将军之言，独不从乱，遂皆戢。其明验也。是以上亦有国师，号章嘉胡土克图，住京师之栴檀寺。每元旦入朝，黄幰车所过，争以手帕铺于道，伺其轮压而过，则以为有福。其车直入东华门。盖尊宠章嘉，正所以帖服外夷，乃长驾远驭之深意。余尝见章嘉，颜状殊丑劣，行步需人扶，然蒙古经及中土大藏佛经皆能背诵，如瓶泻水。汪文端尝叩一佛事，辄答以某经某卷，检之果不爽，则其人亦未可浅量矣。

黄教　红教

喇嘛有黄教、红教之别。黄教者专以善道化人，使勉忠孝，息争竞。达赖喇嘛及大胡土克图皆以此重于诸部也。红教则有术，能召风雨，并咒人至死。平西陲后，尝取准夷之习此术者入内地，令之祈晴雨，亦有小验。

达瓦齐

达瓦齐既至，行献俘礼，系白组跪阙下。上以其未抗拒也，特赦之，封以亲王，赐第，择宗室女配之。然不耐中国风俗，日惟向大池驱鹅鸭闹其中，以为乐而已。体极肥，面大于盘，腰腹十围，膻气不可近。其从人亦皆厄鲁特，故膻益甚，十步外即令人掩鼻。然性淳厚忠谨，尝扈从行围，上下马，坐茵未至，方小立，达瓦齐辄手捧落叶堆于地,请上坐。上大笑,赏银币以宠之。

黑 水 营 之 围

黑水营之围,孤军陷万里外凡三月,得全师以出,诚千古未有之奇事也。将军兆惠既深入叶尔羌,贼众我寡,且马力疲不能冲杀,乃占一村寨,掘濠筑垒自守,即所谓黑水营也。所掘濠既浅,垒亦甚低,贼可步骤入,遂日夜来攻。而我兵处危地,皆死中求生,故杀贼甚力。贼惧我兵致死,欲以不战收全功,别筑一垒于濠外,为长围守之,如梁唐所谓夹城者,意我兵食尽,当自毙也。而营中掘得窖粟数百石,稍赖以济。贼又决水灌营,我兵泄之于下流,其水转资我汲饮。已而随处掘井皆得水。又所占地林木甚多,薪以供爨,常不乏。贼以鸟枪击我,其铅子着枝叶间,每砍一树辄得数升,反用以击贼。惟拒守既久,粮日乏,仅瘦驼羸马,亦将尽。各兵每乘间出掠回人充食。或有夫妇同掠至者,杀其夫,即令妻煮之,夜则荐枕席。明日夫肉尽,又杀此妇以食。被杀者皆默然无声,听烹割而已。某公性最啬,会除夕,明公瑞、常公钧等皆至其帐聚语,屈指军粮,过十日皆鬼录矣。某公慨然谓:“吾出肃州时有送酒肴者,所余馂饤,今尚贮皮袋中。”呼奴取出,供一啖。时绝粮久,皆大喜过望。既饱而去,则私相谓曰:“某公亦不留此,事可知矣!”不觉泣下。盖自十月初旬被围,至此已将百日,无复生还望也。而上已预调兵在途,富将军、舒参赞率以进援,果毅阿公又以驼马至,遂转战而入。兆将军亦破垒而出,两军相遇,乃振旅归。是役也,地在万里之遥,围及百日之久,不伤一人,全师而返。国家如天之福,于此可见。然向非预调索伦兵在途,将缓不及事,于此益见睿算之远到云。其年遂尽平回地。

俄 罗 斯

西北诸国,惟俄罗斯最大。我朝平准夷后,西北万里悉入版图。准夷西北为哈萨克,而哈萨克外皆俄罗斯地也。中国之正北出居庸关五千里，始至喀尔喀之乌里雅苏台，为边境尽处，亦与接壤。其地有一种人号乌良海，有我朝之乌良海，亦有俄罗斯之乌良海。此正北之连界处也。乾隆二十二、三年间，曾遣使来借辽东之黑龙江运粮，则其国境又与我东北之黑龙江相接也。回部之外为拔达克山，而拔达克山之外又系俄罗斯地，则其西境又包众回部矣。不宁惟是，康熙年间，我朝征大西洋国之能占星者。西洋遣南怀仁、高慎思等由陆路来，亦假道俄罗斯，三年始至。则其国西境又直至西海矣。兆将军西征时，闻西北有龚国者，其城周五百里，皆铜铸成，岂即俄罗斯耶？抑别一国耶？俄罗斯至今为我朝与国，不奉正朔，两国书问不直达宫廷。我朝有理藩院，彼亦有萨纳特，有事则两衙门行文相往来。其字又与蒙古异，内阁尝另设中书二人，专习其书文，以便文移。其印则圆如三寸盘，而油朱堆纸上厚数分，不与内地印色同也。纸亦洁白可爱。其国历代皆女主，号察罕汗。康熙中，圣祖尝遣侍卫托硕至彼定边界事。托硕美须眉，为女主所宠，凡三年始得归。所定十八条，皆从枕席上订盟，至今犹遵守不变。闻近日亦易男主矣。

茶叶　大黄

中国随地产茶，无足异也。而西北游牧诸部，则恃以为命。其所食膻酪甚肥腻，非此无以清荣卫也。自前明已设茶马御史，以茶易马，外番多款塞。我朝尤以是为抚驭之资，喀尔喀及蒙古、回部，无不仰给焉。太西洋距中国十万里，其番舶来，所需中国之物，亦惟茶是急，满船载归，则其用且极于西海以外矣。俄罗斯则又以中国之大黄为上药，病者非此不治。旧尝通贡使，许其市易，其入口处曰恰克图。后有数事渝约，上命绝其互市，禁大黄勿出口，俄罗斯遂惧而不敢生事。今又许其贸易焉。天若生此二物，为我朝控驭外夷之具也。

回　人　绳　技

回人有能绳技者，与内地不同。内地走索之法，柭两竿于地，以索平系于竿，而人往来其上耳。回人则立一木，高数丈者，其颠斜系长绠属于地。回人手横一木，取其两头轻重相等，不致欹侧，则步绠而上，直至木之颠。并跷一足，而仅以一足踏于绠，口唱歌，良久始下。真绝技也。上每出行，武备院尝以其人奏技。后偶有一人坠而下者，上悯之，自此不得设。

卷二

杭应龙先生

余十余岁，颇能作时文，如明隆、万间短篇，一日可得四五首。先府君子容公观其文义，谓他日不患不文，而经书尚未尽读，遂不令复作，专以读经为业。十四岁始发笔为之，辄有发挥处。十五岁先府君见背。余童呆，专弄笔墨学作诗、古文、词、赋、四六之类，沾沾自喜，而举业遂废。有杭应龙先生，与先府君交最厚，悯余孤露，谓不治举业，何以救贫。乃延余至家塾课其幼子念屺，而使长君杏川、次君白峰拉余同课。二君久以举业擅名者也。余时年十八，犹厌薄不肯为。至冬，有庄位乾明经移帐于杭，课先生从子廷宣。书舍与余同一厅事，日相怂恿，始勉为之。然驰骋于诗、古文者已数年，一旦束缚为八股，转不如十四五岁时之中绳墨矣。明年补诸生，遂不得不致力。后借以取科第得官，皆应龙先生玉成之力也。及余得中书舍人以归，而先生已不及见。余有诗哭之云："我归但有徐君墓，公在曾怜赵氏孤。"至今犹抱痛焉。

汪文端公

汪文端公诗、古文之学最深，当时馆阁后进群奉为韩、欧，上亦深识其老于文学。殁后，上以诗哭公，有云："赞治尝资理，论文每契神。"公之所以结主知者，可想已。余自乾隆十五年冬客公第，至二十三年公殁，凡八九年。此八九年中，诗文多余属草，每经公笔削，皆惬心餍理，不能更易一字。尝一月中代作古文三十篇，篇各仿一家，公辄为指其派系所自，无一二爽。此非遍历诸家不能也。金鳌玉蝀桥新修成，桥柱须镌联句，余拟云"玉宇琼楼天尺五，方壶员峤水中央"，自以为写此处光景甚切合。公改"尺五"作"上下"二字，乃益觉生动。

即此可见一斑矣。公又好奖借后进，余尝代拟东岳庙联云："云行雨施，不崇朝而遍天下；理大物博，祖阳气之发东方。"已进御，奉朱笔圈出。公方缮书，适金桧门总宪至，谓必出自公手。公曰："非也，乃门人赵云崧所集句耳。"又尝代和御制《司马君实玉印》诗，中一联云："不名符宿望，比德称高贤。"亦非甚佳句。上命内监持示南书房诸臣，谓毕竟汪由敦所作不同，诸臣皆宜师事。盖诸臣皆说成名印，此独云"不名"，于"君实"二字较切耳。诸臣皆谀公，公又以余答，其说项如此。及公殁，诸公皆以公故物色余，谓公所捉刀者，必好手也。及属草持去，其所击赏者未必佳，而著意结构处，转或遭窜改，于是益叹此中甘苦，固非浅人所能识。余初序公集，有云："公死而天下无真知古学之人，天下无真知古学之人，而翼遂无复知己之望。"由今思之，安得不潜焉出涕也！

傅文忠公爱才

傅文忠文学虽不深，然于奏牍案卷目数行下，遇有窒碍处辄指出，并示以宜作何。改定果惬事理，反覆思之，无以易也。余尝以此服公，公谓无他，但辨事熟耳。尹文端以南巡事，隔岁先入觐。公尝命司属代作诗相嘲，中有句云："名胜前番已绝伦，闻公搜访更争新。"文忠辄易"公"字为"今"字，便觉酝藉，可见其才分之高也。文忠不谈诗文而极爱才。余在直时最贫，一貂帽已三载，毛皆拳缩如蝟。一日黎明，公在隆宗门外小直房，独呼余至，探怀中五十金授余，嘱易新帽过年。时已残腊卒岁，资正缺，五十金遂以应用。明日入直，依然旧帽也，公一笑，不复言。呜呼，此意尤可感已。

观总宪爱才

总宪观公保最爱才，余初不相识也。扈从木兰，有宫詹温君属余代和御制诗数首，温即公婿也。公与温皆扈从，公见温诗，询知为余作，即令温致殷勤。明年再扈从，公先过余邸，以捉刀诱诲。自是公应制之作，皆以相属。后余入翰林，公为掌院，派撰文，定京察一等，皆公力也。前辈留意人材，不遗菁菲如此。

大臣身后邀恩之例

汪文端师两子，今少司农承霈，前龙川令承霭，皆余授业弟子也。师一日忽语余："桐城张文和公先以得罪归，今既殁，上仍遵世宗遗诏，还其配享巨典，恩莫大焉。其子学士君自宜泥首阙廷奏谢。乃寄声问余应入京否，抑或循故事呈本籍巡抚代奏，毋乃不知事体。"余始知大臣身后有恤典，其子例当谢恩，而生前官禁近受眷最深者，尤当诣阙谢也。及师殁，长君郎中承沆本荫官，既扶柩归，奉恩纶葬祭如礼。岁庚辰服阕，赴京补官，而病殁于扬州，吾师身后遂无复登仕籍者。承霈以书来告，余忽忆师前语，因令其以御赐祭葬来谢，万一蒙恩旨，或可得一官。遂作书趣霈来，而霭亦至。余为白于傅文忠，文忠讶其以何事来。余告之以故，或因此得蒙恩授一内阁中书，文端一脉不坠矣。文忠喜曰："此可谓善于觅题。明日即代为奏。"方是时，京师诸公卿皆以为文端既殁，其子复何所望而贸贸来也。虽旧在门下乞余光者，亦目笑之。次日上至瀛台，奏甫入，上即命内监高姓者出问："汪由敦二子在此？朕欲一见。"已而又一内监秦姓者出，传旨带领引见。及驾出，二子迎舆前，免冠叩头谢。上驻舆垂问，奏对毕，上意似不甚嘉许。因问二人履历，奏云皆监生，试而未中。上曰："汝明年可再试，试而不中，可再来。"谕毕，舆已行，文忠奏云："明年乃会试，此二子皆监生，不能入礼闱。"上命各赏一举人。理藩院尚书富公德来传旨，率二子叩谢。而文忠以余先有内阁中书之语未得遂也，又奏云："小者无所能，大者书法似其父。"上又命以前赏其长子之荫官赐霈，而赐霭举人。于是文忠来传旨，又率二子迎舆谢。一刻间凡三叩头，而霈得户部主事，转过于内阁中书矣。是日满朝大小臣工，无不感圣天子垂念旧臣恩施逾格，有泣下者；兼颂文忠之垂悯故人子弟，而并以余为有画策之能。抑知此事实因师前论张文和语而触发之，然则吾师前语其有意乎，无意乎？由今思之，竟如樗里子之智能计及身后者,吾师真哲人也! 自余为二子创此例,后裘文达、钱文敏、王文庄诸公殁,其子皆仿此得授内阁中书云。

辛 巳 殿 试

辛巳殿试,阅卷大臣刘文正公、刘文定公,皆军机大臣也。是科会试前,有军机行走之御史眭朝栋上一封事,请复回避卷,即唐人所谓别头试也。上意其子弟有会试者,虑已入分校应回避,故预为此奏。乃特点朝栋为同考官,而命于入闱时各自书应避之亲族,列单进呈。则眭别无子弟,而总裁刘文正、于文襄应回避者甚多。是岁上方南巡,启跸时曾密语刘、于二公留京主会试,疑语泄,而眭为二公地也,遂下刑部治罪。部引结交近侍例,坐以大辟。于是军机大臣及司员为一时所指摘。且隔岁庚辰科状元毕秋帆、榜眼诸桐屿,皆军机中书,故蜚语上闻,有历科鼎甲皆为军机所占之说。及会试榜发,而余又以军机中书得隽,傅文忠为余危之,语余不必更望大魁。而余以生平所志在此,私心终不能已。适两刘公又作阅卷大臣,虑其以避嫌摈也,乃变易书法,作欧阳率更体。两刘公初不知,已列之高等。及将定进呈十卷,文定公虑余卷入一甲,又或启形迹之疑,且得祸,乃遍检诸卷,意必得余置十名外,彼此俱无累矣。及检一卷,独九圈,当以第一进呈。九圈者,卷面另粘纸条,阅卷大臣各以圈点别优劣于其上。是岁阅卷者九人,九人皆圈者惟此一卷。文定公细验疑是余,以语文正。文正覆阅,大笑曰:“赵云崧字迹虽烧灰亦可认,此必非也。”盖余初入京时曾客公第,爱其公子石庵书法,每仿之。及直军机,余以起草多不楷书,偶楷书即用石庵体,而不知余另有率更体一种也。文定则谓遍检二百七卷,无赵云崧书,则必变体矣。文正又覆阅,谓赵云崧文素跅弛不羁,亦不能如此谨严。而文定终以为疑,恐又成军机结交之局。兆将军惠时方奏凯归,亦派入阅卷,自陈不习汉文。上谕以诸臣各有圈点为记,但圈多者即佳。至是兆公果用数圈法,而惟此卷独九圈,余或八或五,遂以第一进呈。先是历科进呈卷皆弥封,俟上亲定甲乙然后拆。是科因御史奏改,遂先拆封,传集引见。上是日阅十卷,几二十刻,见拙卷系江南人,第二胡豫堂_{高望}浙江人,且皆内阁中书,而第三卷王惺园_杰则陕西籍。因召读卷大臣,先问本朝陕西曾有状元否,皆对云前朝有康海,本朝则未有。上因以王卷与翼互易焉。惺园由此邀宸眷,翔步直上,而余仅至监司,此固命也,然贱名亦即由此蒙主知。胪传之日,一甲三人例出班跪,余独挂数珠,上升座遥见之。后以问傅文忠,文忠以军机中书例带数珠对,且言昔汪由敦应奉文字皆其所拟,上心识之。明日谕诸大臣,谓赵翼文自佳,然江浙多状元,无足异;陕西则本朝尚未有。今当西师大凯之后,王杰卷已至第三,即与一状元亦不为过。次日又屡言之。于是乡、会试翼皆蒙钦点房考,每京察必记名,及授镇安府、赴滇从军、调广州、升贵西道,无一非奉特旨,上之恩注深矣。向使不归田,受恩当更无限。寻以太恭人年高,乞归侍养,凡五年。丁艰又三年。在家之日已久,服阕赴补,途次又以病归,遂绝意仕进。此固福薄量小,无远到之器,亦以在任数年,经历事端,自知吏才不如人,恐致陨越,则负恩转甚。是以戢影林下,不敢希荣进也。

偶阅《闽书》,载绍兴八年廷试,初以黄公度为状元,陈俊卿次之。高宗召问二人:"乡土何奇,辄生二卿?"黄对曰:"子鱼紫菜,荔枝蛎房。"俊卿对曰:"地瘦栽松柏,家贫子读书。"高宗曰:"公度不如卿。"遂赐俊卿第一。《瀛奎律髓》记宋高宗自丁未至壬午所取首甲科者十一人:一丞相,一枢使,三尚书,五从官。惟公度以忤秦桧,即被论归。至桧死,召为考功郎中而卒。是其命本不应显达,故登第之始即遭挫折,此预兆于几先者也。

殿 试 送 卷 头

殿试前,有才之士例须奔竞,以所拟对策首二十余行先缮写送诸公之门。卷内有当切题处,固不能预拟,而颂圣数语,则不拘何题,皆可通用也,谓之送卷头。延揽者即以是默识之,然亦须视阅卷大臣之为人。当两刘公主裁数科,则营进者转或被摈。辛巳科,余固虑及此而不使知矣。癸未新进士褚筠心及余门人董东亭_潮,本一榜中巨擘,诗文楷法,抡魁有余。东亭惟恐不得前列。余告以两刘公不可干以私,且其衡鉴自精,有才者亦不必干,余往事可验也。东亭窃以为不然。而吾乡少司空刘圃三先生好汲引,与文定又从兄弟也,特为东亭送卷头。文定既入阅,则先觅东亭卷,谓同列曰:"此吾乡董潮也。"文正亦觅筠心卷,出示曰:"此吾向日延请在家修书之褚廷璋也。"两人遂不入十卷,褚卷第十一,董卷第十二。而十卷进呈者,或转逊焉。此又因营求而失之者也。然两刘公殁而不受干谒之风,又令人思矣。

武　　闱

武闱但以弓马技艺为主,内场文策不论工拙也。余尝主顺天乙酉科武乡试,其策有极可笑者。如"一旦"二字多作"亘"字,"丕"字又作"不一"字,盖缘夹带小本字画甚密,不能分晰,故抄誊讹错耳。又如"国家"字应抬高一字,则凡泛论古今处,如"国家四郊多垒"、"社稷危亡"之类亦无不抬写。武生自称生,则应于行内稍偏,乃又将"生人"、"生物"、"生机杀机"之"生"字一概偏在侧边:如此者不一而足。然外场已挑入双好字号,则不得不取中。幸武闱无磨勘之例,可不深求耳。

汪刘二公文学

汪文端师应奉诗文,门生有才者或为代作,可用即用之,不必悉自己出也。刘文定公亦令诸门生撰稿,却不肯袭用一语。而其中新料新意,又必另入炉锤,改制而用之,盖为刻稿地也。于此见文端之大,亦见文定之精。

刘文正公塞阳桥决口

刘文正公临事虽颇刚急,然实有厘剔奸弊,人受其福而不知者。辛巳岁,河决阳桥,公奉命往塞决口。时夺流者数百丈,埽工薪木皆数百里内村民车载而来。县丞某掌收料物,欲借以营利,留难百端,有五六日不得交纳者。人马守候,刍粮皆告竭。公一日易服微行,见薪车千百辆环列河干,私问之得其故,乃大怒。至公馆,亟请巡抚奉王命旗牌至,使伍伯缚县丞来,欲先斩然后入奏。巡抚及司道以下为之长跪,良久始释。而数千辆料物一日尽收,民皆驱车返矣。此虽细事,亦可见公察弊利民之一端也。

尹文端公肃清江南漕政

尹文端节制两江凡四度,德政固多,而最得民心在严禁漕弊一事。先是,有司收漕粮以脚费为名,率一斗准作六七升。公初巡抚江南,奏明每石令业户别纳兑费钱五十二文,而斗斛听民自概。有遗粒在斛之铁边者,亦谓之"花边",令民自拂去。其时有司签书吏入仓收漕,莫肯应也。其后桂林陈文恭抚吴,胡文伯为藩司,皆守成规,弗丝毫假借。有某县令戈姓,每石加收一升五合,辄被劾坐绞。漕务肃清者凡四十余年,皆文端遗惠也,宜吴人思公至今犹不置云。

程文恭公遭遇

仕宦进退,莫不有命。余外舅程文恭公为礼部侍郎,时在班行中无所短长,方疑侍郎一席亦不能久。会圆明园失火,举朝大臣咸趋救。公踉跄入,正值上坐小舆出,文恭跪道左请圣安,而先入及后入者皆未得见也。上遂心识之。明日赏救火诸臣币物,特命给一分。自是邀圣眷,洊历吏部尚书,拜大学士,为一时贤相。其端皆自救火之日起。

两　中　鼎　魁

王新城记康熙中有中进士被革后再中进士者。乾隆年间有马全者,山西人。已中武探花,由侍卫出为参将,与同官相争詈,被劾革职。入京,在九门提督衙门充兵,又应乡、会试中式。庚辰殿试,竟得状元。凡两得鼎魁,亦奇闻也。后官至提督,征金川战殁。

相宅董仙翁

董华星达存，吾邑人，壬申进士。精六壬奇门术，相宅尤奇验。壬申将会试，须僦宅贡院前，余与之约同寓矣。时余客座师汪文端公第，公为余赁一宅，余不敢却。乃嘱内弟刘敬舆偕董寓，董所亲择也。又有吾乡符天藻亦附焉。二场后，余诣董，私问其寓内当中几人，答曰："三人俱可隽，恐符君或失之。盖夜卧须各按本命定方位，而符怀疑，不我从也。"出榜，果董、刘俱成进士，余与符落第。又江苏巡抚庄公^{有恭}延之相衙署，董为改葺数处。既落成，公将出堂视事，董止之，为择一吉日时而出。届期坐甫定，辕门外忽传鼓报喜，则加宫保之信适以是刻至矣。今藩伯康基田令昭文，以家中有子弟应秋试，预叩董。董询其先茔何向，教以茔之某方立一灯竿，子弟中某年生者当发解。已而果然。他奇验多类此，人皆称"董仙翁"。

揣骨史瞎子

术家又有揣骨听声之法，多瞽者为之。《北史》：高欢未遇时，与司马子如等逐赤兔。遇盲妪，自言善暗相，因遍扪诸人，言皆贵，而俱由欢。齐文宣帝试皇甫玉相术，以帛巾袜其目，使历摸诸贵人，无不验。齐文襄时，有吴士双盲，妙于听声。文襄令刘桃枝、赵道德等列试之，言皆中。《五代史》：李守贞为河中节度使，有术者善听人声以知吉凶。守贞出其家人，使听之。术者闻其子妇符氏声，惊曰："此天下母也！"守贞益自负，曰："吾妇犹为天下母，吾取天下复何疑哉！"遂反。后守贞败，符氏为周世宗继室，果为皇后。此揣骨听声之见于史传者也。近时亦尚有精其术者。雍正年间，浙东有史瞎子者，遇男子则揣骨，女子则听声，言休咎奇中。徐文定公元梦抚浙时，其孙舒文襄赫德相国方卯角，而休宁汪文端公由敦以诸生为之师。文定令史相师弟二人。史曰："皆大位也。"时舒以世家贵公子，其显达固意中事；文端则寒诸生，念不到此。谓史特因弟以及师，聊作周旋语耳。

是夕，史独怅怅到书塾，谓文端曰："君勉之，将来官职声名在主人之上。"文端益惶恐不敢当。史曰："非谰语也。君寒士，诓君何所利？正以我之命某年当有厄，某年当得脱。计君是时已登显仕，我之厄或由君而解，故郑重相托。君是时幸勿忘今日言，当力为拯之。"已而或进史于世宗宪皇帝，奏对后，忽奉旨发辽左为民。至今上御极之十年，诏军流以下皆减等发落。时文端公果为刑部尚书，乃检史旧案，则系特旨发往，不载犯罪之由，同列多难之。文端以其罪不过军流，正与恩诏相符，乃奏释焉。既入京，仍客于文端第，则益韬晦，不肯言祸福矣。岁庚午，文端长子承沆方应举，文端夫人望之甚切，请史决之。史曰："即当得六品官。"六品者，惟翰林修撰及部主事。时文端方直禁近，子弟若登科第，必不至分部，其为状元官修撰无疑也。母夫人方窃喜。无何，文端为是科主考官，承沆回避不得试，共以史言为妄矣。其冬，特旨赐文端荫一子，承沆果得主事官，正六品。其奇中如此。余以是岁客文端第，故知之甚悉。其他奇验尚多，不胜缕述也。

兼 管 部 务

一部有满、汉两尚书，四侍郎，凡核议之事，宜允当矣。然往往势力较重者一人主之，则其余皆相随画诺，不复可否。若更有重臣兼部务，则一切皆惟所命，而重臣者实未尝检阅也，但听司员立谈数语即画押而已。故司员中为尚书所倚者，其权反在侍郎上。为兼管部务之重臣所熟者，其权更在尚书上。甚至有尚书、侍郎方商榷未定，而司员已持向重臣处画押来，皆相顾不敢发一语。昔人曾奏请亲王不可兼部务，盖有所见也。

军 需 各 数

上用兵凡四五次。乾隆十二三年用兵金川，至十四年三月止，共军需银七百七十五万。实销六百五十八万，移驳一百一十七万。十九年用兵西陲，至二十五年，共军需银二千三百十一万。实销二千二百四十七万，行查未结六十三万。三十一年用兵缅甸，至三十四年，共军需银九百十一万。

三十六年用兵金川起，至四十二年止，共军需银六千三百七十万。以上系章湖庄在户部军需局结算之数。五十二年台湾用兵，本省先用九十三万，邻省拨五百四十万，又续拨二百万，又拨各省米一百十万，并本省米三十万石，加以运脚，约共银、米一千万。

京官趋势吊丧

傅文忠公扈从热河，而其兄总宪广公戚殁于京，文忠乞假归治丧。广公家受吊之期凡三日，已遍讣矣。其最后一日，则文忠到京日也，前两日遂无一人至者。文忠到，则各部院大小百官无不毕至，虽与广公绝不相识者，亦以文忠故致赙而泥首焉。舆马溢门巷，数里不得驱而进，皆步行入。

钟　　表

自鸣钟、时辰表皆来自西洋。钟能按时自鸣，表则有针随晷刻指十二时，皆绝技也。今钦天监中占星及定宪书，多用西洋人，盖其推算比中国旧法较密云。洪荒以来，在璿玑，齐七政，几经神圣，始泄天地之秘。西洋远在十万里外，乃其法更胜。可知天地之大，到处有开创之圣人，固不仅羲、轩、巢、燧已也。钟表亦须常修理，否则其中金线或有缓急，辄少差。故朝臣之有钟表者转误期会，而不误者皆无钟表者也。傅文忠公家所在有钟表，甚至傔从无不各悬一表于身，可互相印证，宜其不爽矣。一日御门之期，公表尚未及时刻，方从容入直，而上已久坐，乃惶悚无地，叩首阶陛，惊惧不安者累日。

西洋千里镜及乐器

天主堂在宣武门内，钦天监正西洋人刘松龄、高慎思等所居也。堂之为屋圆而穹，如城门洞，而明爽异常。所供天主如美少年，名邪稣，彼中圣人也。像绘于壁而突出，似离立不著壁者。堂之旁有观星台,列架以贮千里镜。镜以木为筒,长七八尺,中空之而嵌以玻璃,有一层者,两层者,三层者。余尝登其台,以镜视天,赤日中亦见星斗。视城外,则玉泉山宝塔近在咫尺间,砖缝亦历历可数。而玻璃之单层者,所照山河人物皆正,两层者悉倒,三层者则又正矣。有楼,为作乐之所。一虬须者坐而鼓琴,则笙、箫、磬、笛、钟、鼓、铙、镯之声无一不备。其法设木架于楼架之上,悬铅管数十下垂,不及楼板寸许。楼板两层,板有缝,与各管孔相对。一人在东南隅鼓鞴以作气,气在夹板中尽趋于铅管下之缝,由缝直达于管。管各有一铜丝系于琴弦。虬须者拨弦,则各丝自抽顿其管中之关捩而发响矣。铅管大小不同,中各有窾窍以象诸乐之声,故一人鼓琴而众管齐鸣,百乐无不备,真奇巧也。又有乐钟,并不烦人挑拨而按时自鸣,亦备诸乐之声,尤为巧绝。

梨 园 色 艺

京师梨园中有色艺者,士大夫往往与相狎。庚午辛未间,庆成班有方俊官,颇韶靓,为吾乡庄本淳舍人所昵。本淳旋得大魁。后宝和班有李桂官者,亦波峭可喜,毕秋帆舍人狎之,亦得修撰。故方、李皆有状元夫人之目。余皆识之。二人故不俗,亦不徒以色艺称也。本淳殁后,方为之服期年之丧。而秋帆未第时颇窭,李且时周其乏。以是二人皆有声缙绅间。后李来谒余广州,已半老矣,余尝作《李郎曲》赠之。近年闻有蜀人魏三儿者,尤擅名,所至无不为之靡,王公大人俱物色恐后。余已出京,不及见。岁戊申,余至扬州,魏三者忽在江鹤亭家。酒间呼之登场,年已将四十,不甚都丽。惟演戏能随事自出新意,不专用旧本,盖其灵慧较胜云。

京 师 偷 拐 之 技

都门繁会之地,偷儿、拐子有非意计所及者。吾乡董某,偶入戏馆,占席以待客,横二千钱于案。忽衣冠者三人自外来,中一人若与董素相识者,遽向揖。董答揖。揖甫下,而钱为其人之同伴者撮去,挂于肩。揖毕问姓氏，其人故惊愕作误认状，深抱不安。董回坐，而案上之钱已失。撮钱者尚立于旁，反咎之曰："戏馆中有钱岂可横于案？如我之挂于肩，斯可耳。"实则挂肩之钱即其钱也。董熟视，竟不敢言。又一少年以银易钱于市，方谐价，忽一老者从后击而仆之，且骂曰："父穷至此，儿有银乃私易钱，不孝孰甚！"遂夺银去。旁观者谓是父责子也。少年闷绝良久始苏，云："吾安得有父也？"而银已去不可追矣。又有藏利刃杂稠人中，剪取腰间杂佩，或至割衣襟一幅去，混号谓之"小李"。被剪者觉而获之，虽加殴辱弗怨。或旁人指破，则必报矣。有女郎坐香车，一书生行其旁，两美相顾颇有情。小李者伺书生后，将下手，书生不知也。方回顾，女郎不便语，但以口颊隐示若有人伺于后者。书生觉而斥之，小李遂去。未几，车转曲巷，女郎口忽为小刀划破。

狐　　祟

京师多狐祟，每占高楼空屋，然不为害，故皆称为狐仙。余尝客尹文端第，其厅事后即大楼，楼下眷属所居，楼之上久为狐宅，人不处也。尝与公子庆玉同立院中，日尚未暮，忽有泥丸如弹者抛屋而下，凡十数丸。余拾其一，仰投之，建瓴之屋宜即抛下矣，乃若有接于空中者，不复下，亦一奇也。余僦屋醋张衔同，其屋已数月无人居。初入之夕，睡既熟，忽梦魇，若有物压于胸腹者。力挣良久，始得脱。时月明如昼，见有物如黑犬者从窗格中出。明日视窗纸，绝无穿破处。先母命余夕以二鸡卵、一杯酒设于案，默祝焉。诘朝卵、酒俱如故，而其物不复至。

洪经略行状

先辈尝言：洪文襄公承畴当明崇祯十五年松山被陷时，京师传闻公已殉难。崇祯帝辍朝，特赐祭九坛。其子弟在京成服受吊，撰行状送诸公卿矣。方祭第九坛，而公生降之信至，遂罢祭，而行状已遍传人间。顺治元年，从入关，为内院大学士。次年，出经略江南诸省，遗寇以次削平。后再出经略楚、粤、滇、黔诸省，西南底定，皆其功也。

归朝一年，乃卒。其家再成服受吊，撰行状不复叙前朝事，但自佐命入关起。有好事者尝得其前后两行状，订为一本云。

李太虚戏本

李太虚，南昌人，吴梅村座师也。明崇祯中为列卿，国变不死，降李自成。本朝定鼎后，乃脱归。有举人徐巨源者，其年家子也，尝非笑之。一日视太虚疾，太虚自言病将不起。巨源曰："公寿正长，必不死。"诘之，则曰："甲申、乙酉不死，则更无死期，以是知公之寿未艾也。"太虚怒，然无如何。巨源又撰一剧，演太虚及龚芝麓降贼后，闻本朝兵入，急逃而南。至杭州，为追兵所蹵，匿于岳坟铁铸秦桧夫人跨下。值夫人方月事，追兵过而出，两人头皆血污。此剧已演于民间，稍稍闻于太虚。适芝麓以上林苑监谪宦广东，过南昌，亦闻此事。乃与太虚密召歌伶，夜半演而观之。至两人出跨下时，血淋漓满头面，不觉相顾大哭，谓："名节扫地至此，夫复何言！然为孺子辱至此，必杀以泄忿。"乃使人俟巨源于逆旅，刺杀之。此事得之于蒋心余编修。

徐　健　庵

先辈尝言：徐健庵乾学在康熙中以文学受知。方其盛时，权势奔走天下，务以奖拔寒畯、笼络人才为邀名计，故时誉翕然归之。其所居绳匠胡同，后生之欲求进者，必僦屋于旁。俟其五更入朝，辄朗诵诗文使闻之。如是数日，徐必从而物色，有所长，辄为延誉。当时绳匠胡同宅子，僦价辄倍他处。所甄拔初不以贿，惟视其才之高下定等差。相传乡、会试之年，诸名士先于郊外自拟名次。及榜出，果不爽，非必亲自主试也。徐方主持风气，登高而呼，衡文者类无不从而附之。以是游其门者，无不得科第。有翰林杨某者，其中表也。八月初，遇徐于朝，徐问："欲主顺天乡试否？"杨谓："幸甚。"徐曰："有名士数人，不可失也。"及夕，则小红封送一名单至，计榜额已满。诘朝，主

试命下矣。杨不得已,与诸同考官如其数取之。榜发而京师大哗,揑
名帖遍街市。圣祖闻之,降旨亲审。杨窘甚,求救于徐。徐谓:"毋
恐,姑晚饭去。"翼日,有称贺于上前者,谓:"国初以美官授汉儿,汉儿
且不肯受;今汉儿营求科目,足觇人心归附。可为有道之庆。"圣祖默
然,遂置不问。盖即徐令人传达此语也。尝有人日具名纸谒其门,必
馈司阍者十金,而不求见,但嘱以名达徐而已。阍人怪之,密以白徐,
徐令留见之。其人故作踸踔状,谓:"吾诚意尚未到,不敢求见也。"强
之而后入,徐问曰:"足下有深仇未报乎?"曰:"无有也。""然则何为逡
巡不敢言?"固问之,始以情告:欲得来科状元耳。徐曰:"已有人,可
思其次。"其人谓:"他非所望,宁再迟一科。"徐许之。然徐不久罢归,
其人竟不第。

高　士　奇

　　高江村士奇,康熙中直南书房,最蒙圣祖知眷。时尚未有军机处,
凡撰述谕旨,多属南书房,诸臣非特供奉书画赓和诗句而已。地既亲
切,权势日益崇。相传江村初入都,自肩襆被进彰义门,后为明相国
家司阍者课子。一日相国急欲作书数函,仓卒无人,司阍以江村对。
即呼入,援笔立就,相国大喜,遂属掌书记。后入翰林、直南书房,皆
明公力也。江村才本绝人,既居势要,家日富,则结近侍探上起居,报
一事酬以金豆一颗。每入直,金豆满荷囊,日暮率倾囊而出,以是宫
廷事皆得闻。或觇知上方阅某书,即抽某书翻阅。偶天语垂问,辄能
对大意,以是圣祖益爱赏之。初因明公进,至是明公转须向江村访消
息。每归第,则九卿肩舆伺其巷皆满,明公亦在焉。江村直入门,若
为弗知也者。客皆使傔从侦探,盥面矣,晚饭矣。少顷,则传呼延明
相国入,必语良久始出。其余大臣,或延一二人晤,不能遍,则令家奴
出告曰:"日暮不能见,请俟异日也。"诸肩舆始散。明日伺于巷者复
然。以是声势赫奕,忌者亦益多。江村率以五鼓入朝,至薄暮始出,
盖一刻不敢离左右矣。或有谮之者,谓士奇肩襆被入都,今但问其家
资若干,即可得其招权纳贿状。圣祖一日问之,江村以实对,谓:"督

抚诸臣以臣蒙主眷,故有馈遗,丝毫皆恩遇中来也。"圣祖笑颔之。后以忌者众,令致仕归,以全始终。犹令携书编纂,以荣其行,可谓极文人之遭际矣。

　　按《宋史》:卢多逊为相时,太祖每取书史馆,多逊预戒吏先白己,辄通夕阅之。遇上问书中事,应答无滞。《魏书》:温子昇先为广阳王渊家马坊中教奴子书。尝作《侯山祠堂碑文》,常景见而善之,因访焉,由是名誉稍起。按此二事,高江村绝相似。

王　云　锦

雍正中,王云锦殿撰元日早朝后归邸舍,与数友作叶子戏。已数局矣,忽失一叶,局不成,遂罢而饮。偶一日入朝,上问以元日何事,具以实对。上嘉其无隐,出袖中一叶与之曰:"俾尔终局。"则即前所失也。当时逻察如此。云锦孙日杏语余云。

卷三

粤西滩峡

粤西滩与峡皆极险。府江之昭平峡，横州之大滩，右江之努滩、鸡翼滩，左江之归德峡、果化峡，余皆身经其地，而昭平峡最险。余初至桂林，由水路赴镇安任。先是大雨十七昼夜，是日适晴。巳刻自桂林发舟，日午已至平乐，舟子忽椓杙焉。余以久雨得晴，方日中，何遽泊？趣放舟，而不知其下有峡之险也。舟子不得已，乃发舟。山上塘兵哑呼不可开，而舟已入峡，不能止，遂听其顺流下。但见满江如沸，有数千百旋涡。询知下有一石，则上有一涡，余始怵然惧，然已无如何。幸而出峡，舟子来贺，谓半生操舟，未尝冒险至此也。余自是不敢用壮矣。后余调广州，自桂林起程，百僚饯送，有县令缑山鹏亦在座。余至广十余日，忽闻缑令溺死峡中矣。横州大滩长三十里，舟行石缝中，稍不戒辄齑粉，亦奇险也。自黔江下至常德府有清浪滩，略与横州滩相等。两处俱有马伏波庙。而黔中之头滩、二滩、三滩，共三滩，路虽短而险更甚。

镇安民俗

镇安府在粤西之极，西与云南土富州接壤，其南则处处皆安南界也。崇山密箐，颇有瘴。然民最淳，讼狱稀简。县各有头目，其次有甲目，如内地保长之类，小民视之，已如官府。有事先诉甲目，皆跪而质讯。甲目不能决，始控头目。头目再不能决，始控于官，则已为健讼者矣。余初作守，方欲以听断自见，及至，则无所事。前后在任几两年，仅两坐讼堂，郡人已叹为无留狱，则简僻可知也。此中民风比江、浙诸省，直有三四千年之别。余甚乐之，愿终身不迁，然安得有此福也。

镇 安 水 土

镇安故多瘴疠。钮玉樵《粤述》谓署中有肉球、肉脚，时出现，而瘴毒尤甚，入其境者，遂无复生还之望。及余至郡，未见有所谓肉球、肉脚者，瘴亦不甚觉。问之父老，谓"昔时城外满山皆树，故浓烟阴雾，凝聚不散。今人烟日多，伐薪已至三十里外，是以瘴气尽散"云。惟水最清削，极垢衣荡漾一二次，则腻尽去，不烦手捐也。是以不论贫富，皆食豨脂以润肠胃。余尝探其水源，在城西三十里，地名鉴隘塘。水从山腹中出，有长石横拦之，长三十余丈。水从石上跌而下，作瀑布，极雄壮。城中望之，不啻数百匹白练也。汇而成川，绕城南而过。川皆石底，无土性，故鱼之肉甚坚而无味。又东流，亦从山腹中出左江。盖滇、黔、粤西诸水，大半在山腹中通流，其见于溪涧者不过十之一二而已。后余在贵州探牟珠洞，秉炬入三里许，忽闻江涛汹涌声，以炬照，不知其涯涘，益可见水之行山腹中者，如长江、大河，非臆说也。牟珠洞之水终岁在黑暗中，无天日光，水中生鱼遂无目，尤见造化之奇。

镇 安 多 虎

镇安多虎患。其近城者常有三虎，中一虎已黑色，兼有肉翅。月明之夕，居人常于栏房上见之，盖千年神物也。余募能杀虎者，一虎许偿五十千。居人设阱获及地弩之类，无不备，终莫能得。槛羊豕以诱之，弗顾也。人之为所食者，夜方甘寝，忽腹痛欲出便。其俗屋后皆菜园，甫出门至园，而虎已衔去矣。相传腹痛即虎伥所为云。人家禾仓多在门外，以多虎故无窃者。余尝有句云："俗有鬼神蚕放蛊，夜无盗贼虎巡街。"盖实事也。余在镇两年，惟购得一虎五豹，豹皆土人擒来，虎乃向武州人钩获者。其法以木作架，悬铁钩，钩肉以饵之。虎来搏肉，必触机，机动而虎已被钩悬于空中矣。

闻山西岢岚州在万山中，最多虎，故居民能以一人杀一虎。

其法用枪一枝,高与眉齐,谓之齐眉枪。遇虎则嬲之使发怒,辄腾起来扑。扑将及,则以枪柄拄于地,而人鞠躬一蹲。虎扑来正中枪尖,毙矣。或徒手猝遇虎,则当其扑来,辄以首撞其喉,使不得噬。而两手抱虎腰,同滚于地,虎力尽亦毙。余在镇安,曾以百千募湖南虎匠至,半年迄无一获。安得岢岚人来绝此恶孽也。

独秀山黑猿

镇安府署东北有独秀山,高百丈。山之半一洞,深不可测。其中有黑猿,不轻出,出则不利于太守。余在郡时,以详请前守韦驮保回京事,将被劾。上官檄余赴省,而猿忽出,满城人皆谓太守当以此事罢官矣。有老者熟视久之,谓:"旧时猿出多俯而下视,故官覆;今猿向上,当无虑,且得迁。"未几,余得旨赴滇从军,遂免劾。然驰驱两年,劳苦特甚,猿盖先示兆云。又天保县令送一黑猿来,系于楹。有门子嬲之,相距尚七八尺,忽其右臂引而长,遂捉门子之衣,几为所裂。而猿之左肩则已无臂,乃知左臂已并入右臂矣,即所谓通臂猿也。此猿竟不为人所狎,终日默坐。与之食不顾,数日遂饿死。

树　　海

镇安沿边与安南接壤处,皆崇山密箐,斧斤所不到。老藤古树,有洪荒所生,至今尚葱郁者。其地冬不落叶,每风来,万叶皆飐,如山之鳞甲,全身皆动,真奇观也。余尝名之曰"树海",作歌记之。其下阴翳,殆终古不见天日,故虺蛇之类最毒。余行归顺州途中,有紫楠木七十余株,皆大五六抱,莫有过而顾之者,但供路人炊饭而已。孤行者无炊具,以刀斫竹一节,实水米其中,倚树根而炊。炊熟,则树根之皮亦燃。久之,火盘旋自外而入,月余则树倒矣。倒后火仍不灭,旅炊者益便焉。使此木在江南,不知若何贵重,而遭此厄,可惜也。余尝欲构一屋材,拟遣匠克尺寸断之,雇夫运出。终以距水次甚远,一木须费数十千,遂不果。

肉　桂

肉桂以安南出者为上，安南又以清化镇出者为上。粤西浔州之桂，皆民间所种，非山中自生者，故不及也。然清化桂今已不可得。闻其国有禁，欲入山采桂者，必先纳银五百两，然后给票听入。既入，惟恐不得偿所费，遇桂虽如指大者，亦砍伐不遗，故无复遗种矣。安南入贡之年，内地人多向买。安南人先向浔州买归，炙而曲之，使作交桂状，不知者辄为所愚。其实浔桂亦自可用，但须年久而大合抱者，视其附皮之肉松若有沙便佳。然必新砍者乃润而有油，枯则无用也。

面木　酒树

《洛阳伽蓝记》有所谓"酒树"、"面木"，初不解所谓。余至广西，乃知面木即桄榔树也。大者五六围，长数丈，直上无枝，至颠则生叶数十，似栟榈。其树中空，满腹皆粉，可得十数斛。沸汤淬之，味似藕粉。粤人尝以此馈遗。又广东椰子树，每一椰子内必有酒半杯，小者一勺许，甘香清冽，味胜于米酿数倍。此即酒树也。

三七　鸡血藤

南方阳气上浮，而阴气凝于下，故所产多有益于血阴者。有草名"三七"，三桠七叶，其根如萝卜，为治血之上药。刀斧伤血方喷流，以其屑糁之，立止。孕妇产前产后皆可服，盖其性能去淤而生新，故产前服之可生血，产后服之又可去淤也。然皆生大箐中不见天日之处。近有人采其子，种于天保县之陇峝、暮峝，亦伐木蔽之，不使见天日。以之治血，亦有效。非陇、暮二峝，不能种也。云南有鸡血藤胶，治妇人血枯证最灵。余在滇买数斤，然不知其藤何似。忆在镇安，见大箐中有藤粗如碗，长数百丈，延缘林木间，不知其起止，意即鸡血藤也。遂兼买其藤，携回镇安，取箐中藤相比，藤断处有汁赤色，与滇藤无异,乃知即此物也。煎胶治血亦效。惜不久改官去,遂不得多煎。

山羊　石羊

山羊之血,治刀斧伤最灵。是物生山箐中,尝食三七故也。粤人馈遗多有赝者。余在镇安,土官有馈生者,似羊而大如驴,生取其血,较可信。又一种石羊,身较小,其胆在蹄中。凡山岩陡绝处,能直奔而上。力乏,则曲蹄于口舐之,力辄完,复奔而上。故其胆可止喘。

蛤　蚧

蛤蚧蛇身而四足,形如虩虎,身有瘢,五色俱备。其疥处又似虾蟆,最丑恶。余初入镇安,路旁见之,疑为四足蛇,甚恶之。问土人,乃知为蛤蚧也。郡衙倚山,处处有之。夜辄闻其鸣,一声曰蛤,一声曰蚧,能叫至十三声方止者乃佳。其物每一年一声,十三声,则年久而有力也。能润肺补气壮阳。口咬物则至死不释。故捕者辄以小竹片撩之使咬,即携以来。虽已入石缝中,亦可乘其咬而掣出也。遇其雌雄相接时取之,则有用于房中术,然不易遇也。药肆中所售两两成对者,乃取两身联属之耳。其力在尾,而头足有毒,故用之者必尾全而去其头足。

阴桫

密箐中有一种阴桫,其木横生土中,不见天日。有枝无叶,在泥沙下自生自长,世莫之知也。将出为人用,则一枝或透出土。否则人过其上,足步有空窾声,知其下有此木矣。其色微黑,质理似松薄而有丝,劈其端,可自根拽至颠不断也。验其真伪,以此木作小匣,暑日入煮肉其中,隔宿不败。是以作棺埋入地,尸千年不腐。又有一种,则深山中大树年久自死,倒入泥沙中,为土气所滋,土木之性已相浃,故作棺亦历久不坏。余在镇安尝得一具,但未知生于土中之物,抑或倒入泥沙之物。本以备太恭人送终。太恭人以二十年前已作椟,岁加漆,光致可爱,而此具仅厚三寸许,遂不肯易。余拟留以自用云。

边郡风俗

粤西土民及滇、黔苗、傜风俗,大概皆淳朴,惟男女之事不甚有别。每春月趁墟唱歌,男女各坐一边。其歌皆男女相悦之词。其不合者亦有歌拒之,如"你爱我,我不爱你"之类。若两相悦,则歌毕辄携手就酒棚并坐而饮,彼此各赠物以定情,订期相会。甚有酒后即潜入山洞中相昵者。其视野田草露之事,不过如内地人看戏赌钱之类,非异事也。当墟场唱歌时,诸妇女杂坐,凡游客素不相识者,皆可与之嘲弄,甚而相偎抱亦所不禁。并有夫妻同在墟场,夫见其妻为人所调笑,不嗔而反喜者,谓妻美能使人悦也,否则或归而相诟焉。凡男女私相结,谓之"拜同年",又谓之"做后生",多在未嫁娶以前。谓嫁娶生子,则须作苦成家,不复可为此游戏。是以其俗成婚虽早,然初婚时夫妻例不同宿。婚夕,其女即拜一邻妪为干娘,与之同寝。三日内为翁姑挑水数担,即归母家。其后虽亦时至夫家,仍不同寝,恐生子则不能做后生也。大抵念四五岁以前,皆系做后生之时。女既出拜男同年,男亦出拜女同年。至念四五以后,则嬉游之性已退,愿成家室,于是夫妻始同处。以故恩意多不笃,偶因反目,辄至离异,皆由于年少不即成婚之故也。余在镇安欲革此俗,下令凡婚者不许异寝。镇民闻之皆笑,以为此事非太守所当与闻也。近城之民颇有遵者,远乡仍复如故云。

西南土音相通

广东言语,虽不可了了,但音异耳。至粤西边地与安南相接之镇安、太平等府,如吃饭曰"紧考",吃酒曰"紧老",吃茶曰"紧伽",不特音异,其言语本异也。然自粤西至滇之西南徼外,大略相通。余在滇南各土司地,令随行之镇安人以乡语与僰人问答,相通者竟十之六七。

缅 甸 之 役

征缅之役,其详具余所撰《缅事述略》中。余以镇安守,于乾隆三十三年奉命至军,时果毅公阿里衮方为将军,命余参军事。未几,今大学士诚谋英勇公云岩阿公桂亦以总督兼将军至。两将军合营,翼仍在幕府。明年四月,傅文忠公恒来滇经略,余以故吏,又橐笔以从。时方议冒暑兴师,不必避瘴,大兵从腾越州西渡戛鸠江,经猛拱、猛养,直抵缅酋所居之阿瓦。余在滇一年余,知暑瘴不可不避,必俟霜降后瘴始退,军行无疾病,始可展力。且大兵既渡戛鸠,全在江外,万一不能如志,则归路可虞。尝力言之。而公意已定,不见纳。惟偏师应援一节,公初议大兵渡戛鸠,别令提督五福统偏师五千从普洱进,以分贼势。时方阅地图,余指谓公曰:"图中戛鸠、普洱相距不过三寸许,其实有四千余里。两军既进,东西远隔,声息不相闻,进退皆难遥断。前岁明将军之不返,由不得猛密路消息也。"公始瞿然,问计安出。余谓:"大兵既渡戛鸠之西,则偏师宜由江东之蛮暮、老官屯进取猛密,则夹江而下,造船以通往来,庶两军可互应。"公是之,乃罢普洱兵,改偏师循东岸以进。其后大兵西渡,遭瘴气,多疾病;而云岩将军所统江东一军独完,遂具舟迎公于猛养,渡而归。又以此兵败贼于蛮暮,攻贼于老官屯,得以蒇事。余自愧在军无所赞画,惟此一节稍可附于刍荛之一得。忆昔直军机时,公于汉员中最厚余,满员中最厚云岩公。今征缅之役,因余说而改偏师,因云岩公统偏师而得善归,此中似有机缘也。

云南天气之暖

云南天气炎蒸。余在盏达军营度岁,布帐不敢南向,则面北以避日炙。然其地多西南风,则又于帐南合缝处用横木支一罅,使透风。又令仆役伐僰夷村中大竹数十,环植帐外,稍可御暑。然其地距腾越不及三百里,遥望腾越山巅积雪,乃经春不化,殊不可解。

又大理府之下关，六月中常有雪团卖于市，暍行者以当饮冰焉。询其由来，则取诸点苍山最高处也。相传五台山有千年不化之冰，六月长霏之雪。塞外苦寒，固宜尔，滇南极炎地，乃亦有此。余尝疑地气有寒暖不同，而天气皆凉，是以滇地虽暑而山巅雪仍不化也。未审是否。

人　变　虎

龚观察_{土模}为余言，普尔边外人有能变虎者，新授孟艮土目叭先捧即其人也。余以将军命檄之来永昌，令其变虎，竟不能。

象

璞函随经略至猛拱，每晨起，途中多有粪堆如小冢，土人云野象粪也。其象不受人驱策，故谓之野象，必诱而驯之，始供役。诱之之法，掘地坑布席，而土覆之若平地。数百人锣鼓铳炮，驱象过而陷之。象体重而坑深陡，不能出也，则饿之数日，然后问之："肯给役否?"象点头，则劘其坑前地迤逦斜上，使步而出。一点头则终身受人役，不复变，盖象性最信也。负重有力，一象能驮千斤炮一位，故缅人出兵随路有炮也。象不点头，则不使出，饿数日再问之。亦有饿死而终不点头者。

碎蛇　缅铃

闻孟艮边外有碎蛇，每日必上树，跌而下，至地则散如粉，俄又合成一蛇，蜿蜒而去。盖其生气郁勃，必一散以泄之也。为接骨治伤之胜药，然余在滇未得见。又缅地有淫鸟，其精可助房中术。有得其淋于石者，以铜裹之如铃，谓之"缅铃"。余归田后，有人以一铃来售，大如龙眼，四周无缝，不知其真伪。而握入手，稍得暖气，则铃自动，切切如有声，置于几案则止，亦一奇也。余无所用，乃还之。

安宁州温泉

滇南处处有温泉，其热者可以燖鸡鸭，惜无人为之甃池架屋，徒流注于野沟荒港而已。一夕驻师象达，见山麓乱草中烟气腾上，探之，则温泉也。然气息殊恶，盖山下有石炭或硫磺，则泉虽温而不离其母气。惟下有硃砂者气最正，兼可愈风湿之疾。滇城西六十里为安宁州，前明杨文襄一清故里也。有温泉极佳，有司已筑室其上。余自滇回粤，纡道赴之。门外小石山数座，皆穿穴透漏，土人谓之“七窍通天”。款扉入，有内外两池，皆正方。惜池底仍沙土，但四周甃砖可坐而已。闻骊山之泉，下有石版铺底，此不及也。然官斯土者，已为此泉所累。每大吏出省，安宁其首驿也，必往浴焉，供张毕具。又相传有某督者，日须此泉浴，姬妾亦效之，日费三十斛。知州者另制木桶，使气不泄，常雇六十人更番作水，递至督署，尚暖可浴也。在大吏不过一盆水，而有司为之惫矣。

永昌府珍珠泉

永昌府城外九龙山，亦名太保山。下有易罗池，方二丈许，池底常喷出如碎珠者万颗，斜而上，将至波面辄散为水，不可见。池中有鱼，其首皆俯趋，盖泉初出时味最甘，故鱼惯趋而下也。池水流出，又有一大池，可五六十亩，颇有烟波浩淼之致。傅文忠经略来滇，明中丞特构一亭于湖中，比杭之湖心亭，而架曲木桥以通之，颇可憩。惜堤上无树，若植桃柳数百株，当称小西湖也。黔之威宁城外有葡萄泉，亦从池底涌出，其颗大如葡萄，色嫩绿，亦如之。惜无廊槛映其旁，但一破亭而已。余方欲经始，适去官，遂不果。

响水塘瀑布

天下瀑布，皆汹涌下注而已。滇中广南府有地名响水塘者，其瀑乃自下而上,跃出半空。初在三里外,即闻轰雷声,渐近里许,则对面语不相闻。望见白雨溅空,皆喷而上,高十余丈,碎点飞洒,濛濛成一片烟雾,阔可十亩。真天下奇观也。喷而复落,流为涧。驿路在涧之右,少焉循路而上,则与瀑顶相并,乃知其上又有大山。大山诸水汇于此,跌而下,正值大石如盘陀者,触而激射,是以溅入空际,非真有逆流之瀑也。

宝石　碧霞洗

猛密土司有三宝井,分三处,如铛脚。其城即随而围之,故号"三角城"。地属缅,缅酋封禁甚严,必土司先以文申请,酋遣人莅视,始得开。人缒而下,遇石即取以出。石中有有宝者,有无宝者。岁只开一井,故一井常三岁一开,欲休其地力,使生宝也。宝石之次为碧霞洗,则猛密山中有之,不必井出。宝石有红、蓝诸色,旧时质大而光厚,并有映红、映蓝二种,贮水缸则满缸如其色。近已不可得。碧霞洗亦有诸色,今亦多石滓,光淡不能融透,盖搜采者多不待其精神足也。闽中漳州诸山有水晶,则其上先有气,土人因得掘取之。掘尽则他处又生。有紫者、绿者颇珍重,白者不贵也。闻和阗之玉亦岁岁长成。每秋八九月,玉山大雾数日,则其水中石即变玉,故有纯净者,有不脱石质者。乃知此等宝物生生不穷,非上古所有,至今始得之也。

乩　　仙

扶乩请仙,到处皆有,不得谓无其事也。大约人死后必有数十年灵爽,为符咒所召,则降乩而来,非必纯阳辈也。其中亦灵蠢不同,皆余所亲验者。余乡孝廉王殿邦善请仙,在京师时,余邀来决事。隔宿先草一疏,至期焚于香案,殿邦不知何语也。而所判语辄针锋相对,其降坛诗尤切合。余厅事后门联有"富贵""平安"字,外人所不见。而是日香案供水果,与门联又不相值也。降坛诗辄云:"香烟篆出平安字,水果娇成富贵花。"则岂非仙从厅后门过而来耶? 先至者为回道人，即纯阳也，则呼余为"赵子"。后至者为卢道人，则呼余"探花公"。似亦各视其身份，以为相接之高下。而其所判诗，起句后循其文义，下文亦可意揣而得，应作某字。余方思及而乩已书矣，大约每字总比余早半字工夫。后余在永昌，果毅阿公之子丰昇额后亦袭公爵。亦能请仙。阿公夜约余及同在幕府诸公，候仙至，则几不能成文理，判一字后，停笔半晌不续。时夜已深，余急欲退，知其非通品也，则反暗为传递。余初不扶乩，但余意中想到一字，默出诸喉，则乩已书矣。余故缓之，辄又停笔。于是为足成绝句而毕事。乃知所符召者，不分仙鬼也。如王殿邦所请，则不必画符，但念咒一揖即至。盖其家设坛虔奉已久，相熟习云。

镇安仓谷田照二事

余在镇安别无惠民处，惟去其病民者一二事而已。常平仓谷每岁例当春借秋还，其谷连穗，故不斗量而权以称出。借时盛以竹筐，每称连筐五十斤，筐重五斤，则民得谷仅四十五斤耳。及还仓，则五十斤之外加筐五斤，息谷五斤，又折耗五斤，共六十五斤为一称，民已加十五斤。然相沿日久，亦视为固然，不敢怨。余赴滇从军之岁，粤西购马万匹济滇军，有司不无所累。遂于收谷时，别制大筐可盛百二十斤者收之，民无可诉也。及明年，余自滇归，已无购马费，则仍循旧例六十五斤可矣。而墨吏意殊不足，然未敢开仓也。余府仓亦有社谷当收，即令于称之六十斤处凿一孔，贯锤绳于其中，不可动移，听民自权。筐五斤，系前官放谷时所扣。息谷五斤，价交司库。故六十斤为一称。于是民之以两筐来者，剩一筐去，城内外酒肆几不能容。余适以事赴南宁，而归顺州牧欲以购马岁所收为额，州民陈恂等赴宁来控。余立遣役缚其监仓奴及书吏，荷校于仓外，而各属之收谷，皆不敢逾检矣。又天保县令某，先与署府某商谋，谓民间田土无所凭，故易讼，宜按田给照，以息争端，实则欲以给照敛钱也。而时未秋，民无所得钱，先使甲目造册，将于秋收后举行，而不虞余之自滇归也。夏六月，余忽回郡，廉知之。以此令向日尚非甚墨，因语以此事固所以息争，而胥役等反借以需索，则民怨且集于官，不如自以己意出示罢之，尚全其颜面也。然计其所失，已不下万余金。某方衔次骨，而民间皆知以余故得免此横钱，是以感最深。每余出行，各村民辄来舁舆至其村。巡历而过，又送一村，其村亦如之。父老妇稚夹道膜拜，日不过行三十里。至宿处，土锉瓦盆、鸡豚酒醴，各有所献，不烦县令供顿也。及余调广州，时方赴桂林，途次得旨即赴新任，不复回郡。时署中惟一妾巾车出城，满街人户无不设香案跪送。又留一族孙鹤冲在郡，交代毕来广时，街民送亦如之。是岁九月，陈恂等七十余人，又送万民衣伞至广，计程四千余里，距余出镇安已六七月矣。亦可见此邦民情之厚也。

榕　　巢

查俭堂礼为粤西太平守，署园有大榕树一株，其干旁出者四。俭堂谓可架屋其上也，乃斫木为书室，名曰"榕巢"，并以自号焉。明窗净几，掩映绿阴中，退食后辄梯而上，品书画，阅文史，颇为退闲胜地。丁艰去，接任者来，熟视笑曰："此中大便甚佳。"遂穴其板作厕舍。

卷四

广 东 珠 价

广东珠价初未尝贵，自某巡抚收买，于是价日增。而珠之来自外洋者，亦无所不有。有蠔、蚌二种：蠔珠有底，稍平，状如馒头，而色微赤；蚌珠则有极圆者，光洁白可爱，然圆者亦不易得也。品珠先论形体，稍有欹侧及皱纹，弗贵也。珠又多疵，体或圆矣，而有一二点黄晕，又珠之累也。圆而无疵矣，又须有精光，乃为上品。或因有微疵，而稍加磨治，则光闪烁不定矣。余尝见一颗，重三钱，大如龙眼果，惜有黄晕如豆许，然已索价万金。若无疵，虽二万金不得也。数珠亦用此庄严。数珠一百八粒，或用碧霞洗，或用珊瑚及青金石、伽傭香之类，价不过三四千金。其旁有记念三挂，挂各十颗，以珠为之。每颗重四五分，欲取其形体光彩一样相同者，须于数百颗中选配始成。大约重四分者，以四五千金为率，重五分者，以六七千金为率。此记念也。记念之末，又有小垂角，须体长而上锐下圆者。每颗重六七分，则价七八百金，重八分以上，则千金矣。三垂角又以三千金为率。而数珠之后，又有一丝绦悬于背者，中为背云，下为大垂角。背云径二寸，非一珠可满也，则中嵌一大珠，重六七分者，价率二千金。旁嵌四珠，重五六分者，价亦如之。大垂角亦珠也。其形亦上锐下圆，而重须二钱以外始相称，则索价不资，率五六千金矣。又有佛头四颗，间于百八珠之间，则以碧霞洗及珊瑚之类为之，大者亦须二千金。总计数珠一挂，必三万余金始完善。而珠之形又有天然奇巧者，或为葫芦形，或如胆瓶状。此又偶然一遇，欲求成对，虽数年不得。余在广一年，所见珠颇多，然置之暗中绝无光。不知古所谓夜明珠者，又何物也。

广 东 蜑 船

广州珠江蜑船不下七八千，皆以脂粉为生计，猝难禁也。蜑户本海边捕鱼为业，能入海挺枪杀巨鱼，其人例不陆处。脂粉为生者亦以船为家，故冒其名，实非真蜑也。珠江甚阔，蜑船所聚长七八里，列十数层，皆植木以架船，虽大风浪不动。中空水街，小船数百往来其间。客之上蜑船者，皆由小船渡。蜑女率老妓买为己女，年十三四即令侍客，实罕有佳者。晨起面多黄色，傅粉后饮卯酒作微红。七八千船每日皆有客。小船之绕行水街者，卖果食香品，竟夜不绝也。余守广州时，制府尝命余禁之。余谓："此风由来已久，每船十余人恃以衣食。一旦绝其生计，令此七八万人何处得食？且缠头皆出富人，亦哀多益寡之一道也。"事遂已。闻潮州之绿篷船较有佳者。女郎未笄，多扮作僮奴侍侧，官吏亦无不为所染也。有"状元夫人"者尤绝出。某修撰视学粤东，试潮毕，以夏日回广州，所坐船不知其为绿篷也。夜就寝，忽篷顶有雨渗及枕边，急呼群奴，奴已各就妓船去，莫有应者。忽舱后一丽人裸而执烛至，红绡抹胸，肤洁如玉，褰帷来视漏处。修撰不觉心动，遂昵焉。船日行二三十里，十余日至惠州，又随至广州。将别矣，而丽人誓欲相从，谓："久堕风尘中，今得侍贵人，正如蜕骨得仙。若复沦下贱，有死而已。请随入署，为夫人作婢以殁世。"泪如雨不止。百计遣之不去，赠以五百金始归。而不知正其巧于索资也。及归而声价益高，非厚币不得见，人皆称"状元夫人"云。

茭 塘 海 盗

番禺县茭塘十数村，世以海盗为业。其船曰"多桨船"，盖海船皆趁风使帆，此独用桨，故不论风之顺逆，皆可行。其桨有至三十六枝者。行劫皆以白昼，遥望他船如黑豆许，则不能追及；或大如鸭，则无有不追及者矣。至则两头用铁钩拽其船，而群盗持刀仗往劫。亦有盗船仍被盗劫者：此船一二十人，方劫得资货，又遇盗船三四十人者，辄复为所劫。此类甚多，几莫能致诘也。其出海口有水汛兵稽察，则例有私税。以出海一度为一水，率不过月余。乾隆三十五年，盗魁陈详胜者率其徒出海，久不归。汛兵计其期已过，会出哨，遇之，遂索补税焉。盗乞缓期，俟厚获当倍偿。兵不许，则相争。兵以鸟枪毙四盗，盗亦以压船石掷伤兵。于是兵以拒捕告，而制府入奏，责有司速缉。购得同为盗之黄姓者，许发觉后免其罪，始得陈详胜等，而无左证。入其家，搜得分赃单一纸，不书姓名而有暗记，由是讯出二十余人。又从二十余人讯出他案八九十人，共一百八人。律载：江洋大盗，不分首从皆斩。则俱鬼箓中数也。余念法不可逭，而诸盗未有杀人案，则情稍轻。因略为条别：有惧而未敢从者；有患病伏于舱者；有被诱作火夫炊饭者；甚至年二十以下，则指为盗首之孽童，初不肯服，寻知为生路也，亦忍耻认之。案既定，立决者三十八人，骈戮于教场，地为之赭。其余皆遣戍绝徼。自是海盗稍清。然不数年，盗又炽，巡抚李公湖乃杀至三百余人云。

　　闽省海盗率借商船行劫。盖盗不能制大船，则数十人驾一小船出海，遇商船夺而据之。逼商人入舱，盖以板而铁钉钉之，使不得出。及行劫既饱，则驾至僻岸，各携所得而去。商人在舱下，属耳无人声，始敢撞板而出，盗已不知何往矣。

粤 东 沙 田

　　粤东沿海地往往有涨沙。居民见水中隐隐有沙距水数寸，则先报升科。俟其沙出水面，先种草数年，然后筑堤分畊，试种禾秫。又数年，始成良田。然报垦者率以多报少，如报一百亩，其所规度必数百亩。而粤东又有例，所垦田浮于报额，而为人首告，即以所浮田赏之。于是先报垦者方种草筑堤，黠者已觇其旁，知其有所浮，辄首而得之。而报垦家虽有欺匿，实已费数年资力，一旦为旁观夺去，其何能甘。于是每至收获辄相斗，动至毙命。余谓宜改例，量以十之一赏告者，而所浮之田仍令原垦者升科，庶免争夺。方欲请于大吏，会迁官去,遂不及竟其事。

西 洋 船

西洋船之长深广,见余所咏《番舶》诗,而其帆尤异。桅竿高数十丈,大十余抱,一桅之费数千金。船三桅,中桅其最大者也。中国之帆上下同阔,西洋帆则上阔下窄,如折扇展开之状。远而望之,几如垂天之云,盖阔处几及百丈云。中国之帆曳而上,只一大緪着力,其旁每幅一小緪,不过揽之使受风而已。西洋帆则每緪皆着力,一帆无虑千百緪,纷如乱麻,番人一一有绪,略不紊。又能以逆风作顺风:以前两帆开门,使风自前入,触于后帆则风折而前,转为顺风矣。其奇巧非可意测也。红毛番舶每一船有数十帆,更能使横风、逆风皆作顺风云。

诸 番

广东为海外诸番所聚,有白番、黑番,粤人呼为“白鬼子”、“黑鬼子”。白者面微红,而眉发皆白,虽少年亦皓如霜雪。黑者眉发既黑,面亦黔,但比眉发稍浅,如淡墨色耳。白为主,黑为奴,生而贵贱自判。黑奴性最悫,且有力,能入水取物。其主使之下海,虽蛟蛇弗避也。古所谓“摩诃”及“黑昆仑”,盖即此种。某家买一黑奴,配以粤婢,生子矣。或戏之曰:“尔黑鬼,生儿当黑。今儿白,非尔生也。”黑奴果疑,以刀斫儿胫死,而胫骨乃纯黑,于是大恸。始知骨属父,而肌肉则母体也。又有红夷一种,面白而眉发皆赤,故谓之“红毛夷”,其国乃荷兰云。香山县之澳门,久为番夷所僦居,我朝设一同知镇之。诸番家于澳,而以船贩海为业。女工最精,然不肯出嫁人,惟许作赘婿。香山人类能番语,有贪其利者,往往入赘焉。

骡马与人性相通

骡马不能言,然性灵者能与人心相通。余在滇从军,得一骡,色纯黑,高五尺,甚瘦,虽加刍豆饲之,不肥也。然力甚坚劲,日行百余里,虽竟月不疲。性极灵,上下冈坂宜左宜右,不待揽以辔,真如四体之不言而喻也。上峻岭时,每数里辄勒住,听其稍喘。余或下而藉草坐,则骡侍立于旁,以颈相就,若相劳苦者。时有骡马三十余,归粤时尽以赠同人,独此骡不忍弃。随至镇安,青刍香秣,稍酬其劳。调守广州,亦随往。后余赴黔,上水四千里,不能载往,遂送番禺张令甫,一夕死矣。岂此骡宿世有所负于余,而使之偿宿逋耶?抑其性贞烈,不肯易主而自毙耶?昔汪幼泉自京丁艰归,以所乘青骡豢于姊婿吴仲贤处。阅二年余忽死。未几,幼泉讣至,计其日,即骡死之日也。又李钦斋制府尝有一公子,极聪慧,五六岁即能骑马。爱厩中一马,乞于公,公即与之。后公子殇,马亦同日死。则冥冥中人马似有相关者,不可解也。

三　界　庙

　　粤西之梧、浔、南宁三府,有三界庙最灵。邝露《赤雅》云:"神姓许,平南人。采樵得一衣,轻如叶,带内有字,能召风雨,知未来事。明弘治中,制府捕至,覆以洪钟,积薪烧之至夕,发之,不见。后人遂为立庙,曰'三界',亦曰'青蛇庙'。人或飨神,则蛇出饮食。倘有许愿不偿者,虽数百里,蛇必来索。人呼曰'青蛇使者'云。"今庙之在梧州者,气焰尤著。商贾之演戏设祭以申祈报者,殆无虚日。祭之时,果有青蛇自龛中、或梁上、或神之袖中出而饮酒、食鸡卵,见人不避。食毕蜿蜒而去。余友冯尉一烜之官南宁,其随行之妻弟高某偶溺于庙侧,是日即病,不数日遂死。余初赴镇安时,长儿廷英以病留南宁月余,几不救矣。内子设祭于庙。时久旱甚暑,适是日大雨稍凉,儿病遂霍然。后余自广东赴贵西任,途次三儿廷俊甫周晬,忽患异证,连日昏愦,不乳不哭,医莫能愈也。过浔州,以羊豕祭三界庙。是日五更,即能哭出声,数日大愈。此余所亲验者,不得谓鬼神之事渺茫也。

黔粤人民

黔、粤土司地，苗、猓、瑶、僮之类，前朝叛乱无宁岁，非必法令不善，实其势盛也。黔东为罗施鬼国，率苗人所居。黔西为罗甸鬼国，率猓人所居。客民侨其间，不及十之一二，故无以钤制，而易于跳梁。然客民多黠，在其地贸易，稍以子母钱质其产，蚕食之。久之，膏腴地皆为所占。苗、猓渐移入深山，而凡附城郭、通驿路之处，变为客民世业，今皆成土著。故民势盛而苗、猓势弱，不复敢蠢动云。惟粤西土民故瑶、僮种，今皆驯习畏法，盖粤西土俗本柔懦也。

黔中猓俗

凡土官之于土民，其主仆之分最严。盖自祖宗千百年以来，官常为主，民常为仆，故其视土官休戚相关，直如发乎天性而无可解免者。粤西田州土官岑宜栋，即岑猛之后，其虐使土民非常法所有。土民虽读书不许应试，恐其出仕而脱籍也。田州与镇安之奉议州一江相对，每奉议州试日，田民闻炮声，但遥望太息而已。生女有姿色，本官辄唤入，不听嫁不敢字人也。有事控于本官，本官或判不公，负冤者惟私向老土官墓上痛哭，虽有流官辖土司，不敢上诉也。贵州之水西猓人更甚。本朝初年已改流矣，而其四十八支子孙为头目如故。凡有征徭，必使头目签派，辄顷刻集事。流官号令，不如头目之传呼也。猓人见头目，答语必跪，进食必跪，甚至捧盥水亦跪。头目或有事，但杀一鸡，沥血于酒，使各饮之，则生死惟命。余在贵西，尝讯安氏头目争田事，左证皆其所属猓人，群奉头目所约，虽加以三木无改语。至刑讯头目已吐实，诸猓犹目相视不敢言。转令头目谕之，乃定谳。

土　例

土民事事有土例。如出夫应役，某村民自某塘送至某塘，欲其过一步,不肯也。凡交官粮及杂款,旧例所沿,虽非令甲,亦输纳惟谨。彼固不知有所谓朝制,但祖父相传,即以为固然也。有流官不肖者,既征数年,将满任,辄与土民约,某例缴钱若干,吾为汝去之。谓之"卖例"。土民欣然,敛财馈官,官为之勒碑示后。后官至,复欲征之,土民不服,故往往滋事。

滇 黔 民 俗

滇、黔民情最淳。征缅时,派满洲、索伦兵各五千,每站过兵,须马七百,夫二千,皆出之民间。上轸念民艰,按例加倍给雇价,然多为有司移用,民之应差者未必得也。其夫马皆民间按田均派。余自滇归,一日小憩道旁灵官庙。有生监及村老十余人咸集,见余至,皆跪迎。余问其何事,皆不敢言。固诘之,则结算兵差费耳。问以费若干,则粮银一两科至六两余。余谓:"朝廷给价已加倍,何至烦尔等出财?"皆云:"藩库例不先发,令有司垫办。有司亦令民垫办,俟差事毕始给。今差虽毕,而给与否未可知。且有司亦多他用,民等幸不误差,不敢望给直矣。"其谨厚如此。至黔中苗人应徭役,一家出大则数家助之,故大役尤多。第不肯与汉民同办,必分日应差,恐汉民不公,或被虐使云。

苗 倮 陋 俗

苗、倮俗惟男女之事少所禁忌。兄死则妻其嫂,弟死则妻其妇,比比而然。水西安氏虽已改流,而其四十八支子孙仍为头目。头目死,妻欲改嫁,而资产不得将去,则于诸叔中择而赘焉。叔亦利其产而乐为婚也。故往往有妻年四十余,而夫仅二十者。至家中婢女,率皆无夫,听其与人苟合,生子则又为奴仆。是以苗、倮家奴仆,皆无父也。余尝在毕节籍一马户,家有老婢名大娃者,问其夫,则曰未嫁。及点奴子,有二童皆其子也,可为一笑。然其俗大概如此,不为异也。仲家苗已有读书发科第者,而妇女犹不着裤。某君已作吏矣,致书其妻,谓到任作夫人,须裤而入。其妻以素所未服,宁不赴任。滇之永昌城中，虽搢绅家亦听婢女出外野合，每日纳钱数十文于其主而已。俗名"青菜汤"，谓不能肉食，谨可买菜作汤也。嘉禾沈百门又言湖南苗俗亦相同，惟为女时无所禁，既嫁，则其夫防察甚严，不许有所私云。

仕途丰啬顿异

余出守镇安，万山中一官独尊，鼓吹日数通，出门炮声如雷。冬月巡边，舆前骑而引者凡十余队，后拥蘒骀骑又十余，可谓极秀才之荣矣。然心窃自恐不能消受。一日方盥面，适内子对镜晓妆，余瞥自见面目于镜中，谓内子曰："君睹此面，可称此肮仕否？"未数日而以详请前守回籍事，几被劾。会有旨从军，乃得免。然滇中两年，跋涉万余里，坐征鞍，寝戎幕，依然旧时出塞况味也。既回镇安，忽调广州，乃大豪富。署中食米日费二石。厨屋七间，有三大铁镬，煮水数百斛供浴，犹不给也。另设水夫六名，专赴龙泉山担烹茶之水，常以足跰告。演戏召客，月必数开筵，蜡泪成堆，履舄交错，古所谓钟鸣鼎食，殆无以过。然仅一年，迁贵西，署在威宁万山巅。冬月极寒，下凌经月不止，弥望皆冰雪。自书吏、差役、门子、轿伞夫，皆仰食于官，否则无人执役矣。书吏行文书，每日纸几番，封几函，俱列单向官请给。天下无此贫署也。两年之间，寒暄顿异若此。统计生平肮仕，惟广州一年。然在广时刻无宁晷，未尝一日享华腴也。召利园宴客，亦多命僚友代作主，而自向讼堂讯囚。每食仍不过鲑菜三碟、羹一碗而已。则固性所习，亦命所限也。

湖南祝由科

湖南有祝由科，能以符咒治病。余与陈玉亭同直军机时，皆少年，暇辄手搏相戏。玉亭有力，握余手辄痛不可忍，余受侮屡矣。一日在郊园直舍，余愤甚，欲报之。取破凳一桄，语玉亭："吾闭目相击，触余桄而伤，非余罪也。"余意闭目则玉亭必不敢冒险来犯，而玉亭又意冒险来余必不敢以桄击也。忽闻桄端掅一声，惊视，则玉亭已血满

面,将毙矣。盖桃着唇间也。急以汤灌之,始苏。呼车送入城。是日
下直,余急骑马往视玉亭,而马忽跳跃,亦跌余死,半刻方醒。及明日
见玉亭,玉亭故无恙。后其家人语余奴子,始知余之跌即玉亭所为:
祝由科能以伤移于人也。方术妖符固有不可以常理论者。然湖南葛
益山以此治病,最擅名,人称"葛仙翁"。余在滇时,将军果毅公患左
肩一小瘤,本旧时骑马跌伤臂,其筋挛结而成者,至是为庸医所误,皮
破不能合。滇抚明公德特为招致葛仙来治之。用符水喷患处,刀割
去腐肉,愈割而瘤愈大,竟不效而去。

肩　舆　牵　缆

扬帆牵缆皆行舟事。然云、贵作吏者,肩舆上山必用纤夫。其
纤以色布为之,承应上司或有用全帛者。盖山路高,舁舆而上,须
借此得力也。余在贵州,出行亦用之。因忆昔在山东途次,见挽
小车者,顺风则张小帆于车,可援作一对,因得句云:"笑看南俗轿
牵缆,好对北方车挂帆。"章湖庄云:甘肃宁夏府有沙山,亦用缆
挽轿。

缅甸安南出银

银本出内地,如五代时五台山僧继颙以采银佐北汉之类,宋以前
不取于边地也。今内地诸山有银矿处俱取尽,故采至滇徼。然滇中
惟乐马厂岁出银数万而已,他皆恃外番来。粤、闽二省用银钱,悉海
南诸番载来贸易者。滇边外则有缅属之大山厂,粤西边外则有安南
之宋星厂,银矿皆极旺。而彼地人不习烹炼法,故听中国人往采,彼
特设官收税而已。大山厂多江西、湖广人,宋星厂多广东人。大山
自与缅甸交兵后,厂丁已散,无复往采者。明将军曾过其地。老
厂、新厂两处民居遗址,各长数里,皆旧时江、楚人所居。采银者岁
常有四万人,人岁获利三四十金,则岁常有一百余万赍回内地。当
缅酋攻厂时,各厂丁曾驰禀滇督,谓只须遣官兵三千来助声势,则

厂丁四万自能御敌。时滇督恐启封疆衅，遂不果。宋星厂距余所守镇安郡仅六日程，镇安土民最懦钝无用矣，然一肩挑针线鞋布诸物往，辄倍获而归。其所得银，皆制镯贯于手，以便携带，故镇郡多镯银。而其大伙多由太平府之龙州出口，时有相杀事。恃人众则择最旺之山踞之，别有纠伙更众者，则又来夺占，以是攻剽无宁岁。安南第主收税，不问相杀事也。有一黄姓者，广东嘉应州人，在厂滋事，由安南国王牒解广督。余讯以所得几何，而在外国滋事如此。渠对云："利实不资。矿旺处，画山仅六尺，只许直进，不许旁及。先索傥直六百金，始听采，即有人立以六百金傥之。"则其利可知也。

云 南 铁 索 桥

铁索桥，多奔流急湍，不可累石为柱，则以铁索大如臂者，贯于两岸之崖石。或十余条，或二十条，用木绞使直，而建屋其上，铺板作地平，翼以栏楯。桥长者或数十丈，望之如飞楼虚阁，往来者不知行于空中也。滇中以澜沧江桥为最。昔李定国烧断以拒我师，吴三桂用竹筏过兵，至永昌。既逐定国，始动帑三千金修之，道旁今尚有碑记。而黔中盘江一桥，视澜沧更胜。鄂文端节制三省时，改驿路于此所创建也。

榕树　黄果树

闽、粤间榕树最多，其材一无所用，而荫极大，暍行者皆憩息焉。余尝作诗咏之，所谓以无用而为有用也。其根尤奇。昔在镇安，府署后独秀山有榕一株，根千百条，沿缘山腹透入石罅，如鼠钻穴蛇入洞，固已奇矣。及至广州，厅事后又有一株，根大五十抱，相传有神。每太守到任，必沥酒祭之。然皆无须也。又有一种有须者，其旁出之干忽生须，如流苏下垂，及着土，则又成根。久之，千百根合成一根，故根益大，槎枒嵌空，不可名状。土人谓无须者为雄，有须者为雌。余谓当反其名称，如人之有须者必男也。滇南有黄果树，亦然。僰人敬之为神树,其须垂地不敢稍损,故根益多。余尝过遮放土司,有一株荫大三四亩,其须之着土成根者,亦大盈亩。千百根或离或合,中多窾窍,如千门万户。大处可布一席,小处仅侧身过,亦有不可过者。余尝屈曲行其中,竟日犹未遍,几不能出。信天下之奇观也。

甘 肃 少 水

甘肃地少水,水甚珍。余尝遣一仆至皋兰,每宿旅店,有一盂水送客盥面。盥毕不可泼去,店家澄而清之,又供用矣。凡内地诸水不通流者谓之死水,久则色变且臭秽,不可食。甘省独不然。土井、土窖绝不通河流,但得水即藏入,虽臭秽弗顾也。久之水得土气,则清彻可饮矣。余友章湖庄铨为宁夏守,为余言:甘省处处以得雨为利,惟宁夏不惟不望雨,且惧雨。缘地多碱气,雨过而日晒,则碱气上升,弥望如雪白,植物皆萎。故终岁不雨,绝不为意。然宁夏稻田米最多,则专恃黄河水灌注。水浊而甚肥,所至禾苗蔬果无不滋发,不必粪田也。田水稍清则放之,又引浊水。田高水下,水能逆流而入于田,亦事理之不可解者。

虾 蟆 衔 雹

湖庄又云:甘省多雨雹,大者或击毙牛马。每雹时,辄有虾蟆千百,飞入空中喧叫,口皆有雹喷下,盖龙气所摄而上也。用鸟枪轰之,始散去。

甘 省 陋 俗

甘省多男少女,故男女之事颇阔略。兄死妻嫂,弟死妻其妇,比比皆是。同姓惟同祖以下不婚,过此则不论也。有兄弟数人合娶一妻者,或轮夕而宿;或白昼有事,辄悬一裙于房门,即知回避。生子则长者与兄,以次及诸弟云。其有不能娶而望子者,则僦他人妻,立券书期限,或二年,或三年,或以得子为限。过期则原夫促回,不能一日留也。客游其地者,亦僦以消旅况,立券书限,即宿其夫之家。限内客至，其夫辄避去。限外无论夫不许，即其妻素与客最笃者，亦坚拒不纳。欲续好，则更出傲价乃可。亦湖庄云。

逆 回 之 乱

　　湖庄又云：逆回苏四十三之乱，攻兰州城甚急。西门外即黄河滩，多石子，布政使王廷赞预令运城上。贼至掷之，故不得近。贼又于西门外关帝庙神座下掘地道，已至城内矣，实火药其中。方燃药线，忽大雨如注，线湿不能发，遂止。于是恨神不佑，尽拔其须而去。事平后，兰州感神之功，益崇像设，庙宇壮丽，更倍于昔。

洛 阳 桥

　　少时见优人演蔡忠惠修洛阳桥，有醉隶入海投文之事，以为荒幻。及阅《明史》，则鄞人蔡锡守泉州时事也。余至泉州过此桥，果壮丽。桥之南有忠惠祠，手书碑记犹在。旁有夏将军庙，即传奇所谓醉隶夏得海也。桥名万安，而曰洛阳者，其地有洛阳社，此水亦名洛阳江也。按《闽书》亦以此事属蔡锡，并记桥圮时有石谶，云："石头若开，蔡公再来。"以为锡之证。而《坚瓠集》、《名山记》皆以为忠惠事。又云："其母先渡此江，遇风，舟将覆，闻空中有声呼'蔡学士在'，风遂止。同舟数十人问姓名，公母方有娠，心窃喜，发誓愿如果符神言，当造桥以济行者。后公守泉而母夫人尚在，遂奉母命成之。"而附会者又谓吕洞宾遭劫时，避于公炉内得免，乃谢以笔墨。公造桥时以之书符檄，故能达海神云。其说不经，而《府志》两存之，究未知其为襄与锡也。今按忠惠手书碑记一百五十二字，但志其长三百六十余丈，广丈五尺，洞四十有七，用钱一千四百万有奇，而其他不及焉。使其奉母命，且有海神相之，则安得不志亲惠而着神庥？然则醉吏一事，非忠惠可知也。至桥之长三四百丈固雄壮，然闽桥如此者甚多。福州之南台，长不及而广过之，石视万安更新整。即泉州一府，如通济桥长八十余丈，顺济桥长一百五十余丈，大通长二百余丈，镇安长三百余丈,盘光四百余丈,东洋四百三十余丈、酾水二百四十二道,安平八百十有一丈、酾水三百六十二道,其他以数十丈计者,更指不胜屈也。盖闽多海汊,而又有石山,汊阔而取石易,故规制如此。余所见天下桥梁,滇、黔之用铁索,闽之用石,皆奇观也。

闽 俗 好 勇

闽中漳、泉,风俗多好名尚气。凡科第官阀及旌表节孝之类,必建石坊于通衢。泉州城外至有数百坊,高下大小骈列半里许。市街绰楔,更无论也。葬坟亦必有穹碑,或距孔道数里,则不立墓而立道旁,欲使人见也。民多聚族而居。两姓或以事相争,往往纠众械斗,必毙数命。当其斗时,虽翁婿、甥舅不相顾也。事毕,则亲串仍往来如故。谓斗者公事,往来者私情,两不相悖云。未斗之前,各族先议定数人抵命。抵者之妻子,给公产以赡之。故往往非凶手而甘自认,虽刑讯无异词。凡械斗案,顶凶率十居八九也,其气习如此。使良有司能鼓之以忠义,缓急用之,可收有勇知方之效。惜乎官其地者,率以敛贿为事,为民所积轻且深怨。于是有身家者尚不敢妄为,而慓悍之徒相率而为盗矣。

井 水 灌 田

灌田或用桔槔,或用戽斗,有急流处则用水车,未闻恃井汲也。山左人间用辘轳汲水,不过灌畦蔬而已。泉州则禾田亦以井灌。田各有井,井之上立一石柱,而横贯一小木为关捩。横木之上系一长木,根缚石而杪悬竿,竿末有桶。汲其竿下,汲满则引而上之。木根之石方压而下,则桶趁势出矣。其用略如罾鱼之架,而俯仰更捷。或井深而桶大,石之力不能压使出,则又一人缚于木之根以曳之。余尝有句云:“一田一井浇禾遍,此是泉南古井田。”亦异闻也。盖泉州在海边,地之下皆水所渗,故汲之不竭云。然久旱则井亦涸。

断 水 御 海 寇

海水不可饮,故凡海舟必有水舱,取淡水入其中。余在广,因祭南海神庙,适有西洋船泊狮子洋,遂登焉。其高七八丈,水舱深亦如之。凡取淡水处皆有程,至某地取水可至某地,涓滴不敢多用也。闻国初海澄公黄梧初附时,有朝臣问以御海寇之法。曰:"海寇不能不取水于内河。凡入内河取水处皆设炮台,使不得入,即困矣。"今沿海各港汊皆有炮台,梧所创议也。余往厦门,涉海汊,见水极清泚可爱。因以一指蘸而尝之,乃醶涩不可耐,良久舌犹不能屈伸云。

河 底 古 木 灰

岁丙午,江南大旱。余乡河港皆赤裂百余日,居民多赴烟城濠中掘黑泥,和麸作饼。相传此城本沈法兴聚粮处,年久化为泥也。乡人以各河底皆有黑泥,亦掘之。至五六尺许,辄得泥如石炭者,然不可食,以作薪火,乃终日不熄。其质非土非石,有大至数围,须用斧劈者;有碎叠成块,缝层层可揭者。细验之,则大者本巨木,层叠者则木叶所积,年久烂成块也。江南人惟沿村有树,河港之在野者罕所植。间有之,亦必取作器,小则伐为薪,其孰肯砍而弃诸河?意必洪荒以来,两岸本多树,随山刊木时始伐而投之,历千万年成此耳。是岁,数百里内河港俱掘得。漷湖大数十里,湖底亦有之。余弟汝霖买数百斤犹存。

卷五

《诗》有四始、五际。按《诗纬泛历枢》曰：《大明》在亥，水始也。《四牡》在寅，木始也。《嘉鱼》在巳，火始也。《鸿雁》在申，金始也。卯，《天保》也。酉，《祈父》也。午，《采芑》也。亥，《大明》也。午亥之际为革命，卯酉之际为改正。辰者，天门，出入退听。《居易录》。

三皇之书，伏羲有《易》，神农有《本草》，黄帝有《素问》。《易》以卜筮存，《本草》、《素问》以方技存。

《大戴记·夏小正》、《管子·弟子职》、《孔丛子·小尔雅》，古书之存者，皆三子之力也。

陆务观曰：唐及国初学者，不敢议孔安国、郑康成，况圣人乎？自庆历后，诸儒发明经旨，非前人所及。然排《系辞》，毁周孔，疑孟子，讥《书》之《胤征》、《顾命》，黜《诗》之序，不难于议经，况传注乎？李诩《戒庵漫笔》。

"包牺因燧皇之图而制八卦，神农演之为六十四"，此淳于俊对高贵乡公之言也。汉、魏间守经甚严，此语必有所本。同上。

孔庙易"文宣王"号为"先师"，易塑像为木主，相传嘉靖中张璁所建白。然明太祖初年已易木主矣。《水东日记》云：国初孔庙、城隍皆木主，今虽太学亦以塑像为常，不知何时始也。闻广州城隍旧设木主，景泰中，都御史易塑像云。一说太祖改塑像为木主，而旧时塑像，各学生员俱不忍毁坏，遂迁于夹室。后功令稍弛，仍奉以塑像，迨至嘉靖中始易木主云。

诗看用事，字看用笔，画看用墨。

《杜少陵年谱》系黄长睿所著。随年编纂，以古律相参，先后乃有次第。然后少陵之出处老少，粲然可观。

三言诗起于散骑常侍夏侯湛。李东阳有云："扬风帆，出江树。家遥遥，在何处？"徐东痴云："辘轳鸣，井深浅。楼高高，去何远？"

六朝以来绝少题画诗，自杜少陵创为画松、画马、画鹰等大篇，搜奇抉奥，笔补造化。嗣是苏、黄诸公极妍尽态，物无遁形。以后益务斗胜矣。

古来构园林者，多垒石为嵌空险峭之势。自崇祯时有张南垣创意为假山，以营邱、北苑、大痴、黄鹤画法为之，峰壑湍濑，曲折平远，巧夺化工。南垣死，其子然号陶庵者继之，今京师瀛台、玉泉、畅春苑，皆其所布置也。扬惠之变画而为塑，此更变为平远山水，尤奇矣。

宝志公圹本在钟山，而今鸡鸣山有志公肉身遗像者。明太祖将以钟山为陵，并欲取灵谷寺以扩兆域。祷于志公，得签诗曰："世间万物各有主，一厘一毫莫乱取。英雄豪杰本天生，也须步步寻规矩。"后终以钟山为陵。启志公瘗，用两大缸合成，志公端坐其中，指甲已长，绕腰三匝。遂迁之于灵谷寺，而八功德水竟带去，至今尚在灵谷寺也。后太祖常召太常不至，内侍曰："遣往灵谷祭志公去矣。"乃命即鸡鸣山塑像祭之。杨仪《明良记》。

唐末黄巢、明末李自成，皆以流贼起事，至陷宫阙，僭伪号，无一不相似。后巢败奔于太山狼虎谷，为其甥林言斩首；自成败奔于九宫山，为村民锄死：亦无一不同。二贼死后，又皆有传其未死者。谓巢依张全义于洛阳，曾写己像，题诗云："记得当年草上飞，铁衣着尽着僧衣。天津桥上无人识，独倚栏杆看落晖。"按此本元微之赠智度僧诗。自成死后，亦有传其为僧于武当者，又无一不相似。乃其败死，又皆以破毁祖墓所致。王氏《见闻录》：巢犯阙，有一道人诣安康守崔某，请斫其金统水源祖墓。果得一窟，窟中有黄腰人，举身自扑死。道人曰："吾为天下破贼讫。"巢果败死。自成祖墓在米脂。相传中有漆灯，漆灯不灭，李氏必兴。边大绶为米脂令，亦发其冢。果有一蛇，遍体生毛，向日光飞出，咋咋而堕。是日，自成即为陈永福射中左目。后虽陷京城，旋亦败死。是二贼又无一不相似也。然皆因发冢而灭。青鸟家风水之说，岂真有征验耶？

又黄巢所至杀掠，独厚于同姓，并黄冈、黄梅等县，亦得免祸。张献忠乱蜀时，亦于张恶子、张桓侯庙大有增饰。牛金星以下第举人作贼，凡进士官必杀，举人出身者不杀。后其党杀一县令，询知举人出身，乃弃而奔逃。此亦流贼之相似者。

张谊《宦游记闻》载有《白粥》一首："水旱年来稻不收,至今煮粥未曾稠。人言箸插东西倒,我道匙挑两岸流。捧出堂前风起浪,将来庭下月沉钩。早间不用青铜照,眉目分明在里头。"《白粥》诗。

"煮饭何如煮粥强,好同儿女熟商量。一升可作二升用,两日堪为六日粮。有客只须添水火,无钱不必问羹汤。莫言淡泊少滋味,淡泊之中滋味长。"《白粥》诗。

《豆腐》诗:"传得淮南术最佳,皮肤脱尽见精华。一轮磨上流琼液,百沸汤中滚雪花。瓦缶浸来蟾有影,金刀割处玉无瑕。个中滋味谁知得?只合僧家与道家。"《豆腐》诗。

《池北偶谈》载海盐徐咸著《西园杂记》,谓"大礼之议,张、桂之论,确不可易。诸元老大臣徒以朝廷大议出一书生,不胜其愤,遂不论事之是非,相率力排之。其实非至公至当之论"云。又引黄毅庵《野记蒐搜》云"有不可解者,大礼之议主张、桂而诋杨廷和也"。是阮亭之意,亦以张、桂为非。盖习于前明绪论,而不敢创为异说尔。《明史》谓"张、桂之论,千古不易。诸臣徒见汉、宋诸儒之成说,而不究事势之不同,争之愈力,失之愈深"。此真作史者之卓见也。

《池北偶谈》谓元时以契丹、高丽、女直、竹因歹、竹亦歹、术里阔歹、竹温、渤海八种人为汉人,以中国人为南人。　按:元时亦有不尽然者。初取辽、金,以辽、金人为汉人。继取南宋,则以南宋人为南人。

邱文庄《世史正纲》云:王安石行新法,欲去异议者。彼皆先朝旧人,素有闻望,去之无名,乃为祠禄处之。此安石增置之法,非祖宗故事也云云。然王旦致仕后,已尝为玉清昭应宫使,则不自安石始矣。盖祖宗时本已有之,不过一二老臣以示尊礼崇奉之意。至安石,则增置益滥耳。陆放翁以宝谟阁学士致仕,亦有十样锦之祠禄,则庶僚亦得邀此恩例。此又安石后所滥加者也。

汴梁王金章吊其师刘文奇诗云:"门无司马求书使,室有黔娄正被妻。"

韩翃诗:"新衣晚入青杨巷,细马春过皂荚桥。"此不过属对字面好看耳。青杨巷在荆州,梁何妥居白杨巷,萧睿居青杨巷。皂荚桥在扬州，晁无咎《扬州》诗云："皂荚村南三四里，春江不隔一程遥。"相去数千里，凑合有何味耶？

云间某相国之孙乞米于人，归途无力自负，觅一市佣负之。嗔其行迟，曰："吾相门之子，不能肩负，固也。汝佣也，胡亦不能行？"对曰："吾亦某尚书孙也。"此语闻之董苍水。

尚宝卿王延喆，王文恪之子也。性豪侈。有持宋椠《史记》来售者，索价三百金。延喆绐其人曰："姑留此，一月后可来取价。"乃选善工，就宋版本刻就。其人如期至索价，又绐之曰："以原书还汝。"其人不辨真膺持去，既而复来曰："此亦宋椠，而纸不如吾书，岂误耶？"延喆大笑，告以故。取新刷数十部，并板亦赠之。其人大喜过望。今所传震泽王氏《史记》是也。以文恪之清正，而其子豪富如此。今苏州布政司署，相传亦文恪旧第四分之一，则其富可想矣。

京师前门关帝庙签，夙称奇验。予顺治己亥谒选往祈，初得签云："君今庚甲未亨通，且向江头作钓翁。玉兔重生应发迹，万人头上逞英雄。"是年十月得扬州推官，以明年庚子春之任。扬郡濒江，故曰"江头"也。然终未悟"玉兔重生"所指。予以崇祯甲戌生，实在闰八月。过闰中秋，遂擢拜国子祭酒，于是乃悟。《居易录》。

刘云山，常州医也。康熙丙午，杭州有巨室子病亟，忽有人到门曰："我刘云山也。"投一匕而霍然。赠之金，不受，曰："他日寻我于毗陵之司徒庙巷可也。"后某至庙侧，有老人曰："云山死三十七年矣。其生时常信鬼神，曾为斯庙广其祠宇，而自为像于神旁，尚可识其形容也。"巨室子入拜，其像宛然。陈椒峰记其事。

仪真县地名仙人掌，有柳耆卿墓。按《避暑录》，柳死旅殡润州，王平甫为守，出钱葬之。真、润地相接，或即平甫所葬也。阮亭《真州》诗云："残月晓风仙掌路，何人为吊柳屯田。"正指此。然按《独醒杂志》，耆卿死葬枣阳县之花山，每岁清明，词人集其下为吊柳会。然则柳墓不在真州也。

福建总兵杨富有嬖童生二子，杨子之，名曰天金、地舍。后杨历官江西提督。又乐陵男子范文仁亦生子，余内兄张宾公亲见之。《池北偶谈》。

陈丈人年百余岁，知县周惠隆延之，询其所得，曰："无他，知事迟，回头早耳。"

江阴君山以春申君得名。其山临江，为一邑胜境。有联云："此水自当兵十万，昔人曾有客三千。"

卢全之死，今据《戒庵漫笔》谓甘露之变，座上见收，年老寡发，收者以丁钉其颅而去。

《水南翰记》："人家择风水，子孙百世计。谁知后来者，反卖祖宗地。其地若果佳，其家长富贵。其人卖至此，其地必不利。"

宋壶山《赠地理师》云："世人尽知穴在山，岂知穴在方寸间。好山好水世不欠，苟非其人世不见。我见富贵人家坟，往往葬时本贫贱。迨其富贵力可求，人事极时天理变。"又钱仁夫诗云："寻山本不为亲谋，大半多因富贵求。肯信人间好风水，山头不在在心头。"

"行过前山又后山，寻龙不见又空还。想应相去无多路，只在灵台方寸间。"亦堪舆家言。

成化己丑会试题"老者安之"三句。有举子破题云："人各有其等，圣人等其等。"李西涯为主考，批曰："若还如此等，着他等一等。"汤沐《公余日录》。

江阴周岐凤狂放，得罪逃避。钱骅赠以诗云："一身作客如张俭，四海何人似孔融。"同上。

汤沐《公余日录》：部曹马汝砺以失火事罢官，陆龙皋慰以诗云："非灾敢谓池鱼及，是福终当塞马归。"

萧何封酂。酂有二音，音赞者在南阳，音嵯者在沛。王楙《野客丛书》引《唐书·刘晏传》释文，并引杨巨源、贾岛、姚合诸人诗以证之，当作赞音，其音嵯者乃误也云云。同上。

一传未终，恍已迷其姓字；片文屡过，犹未识其偏旁。

《居易录》述"吴梅村师谓，予在广陵日了公事，夜接词人，比之刘穆之"，则知阮亭曾拜梅村为师也。

张谊《宦游纪闻》：元世祖欲吞巴、蜀，舣船万舰，阻绝江流，使鱼不得下。时有张、王二守并屯要害，百计拒敌不肯屈服。每悬鱼竿上以示有余，世祖遂潜师而退。钓鱼名山者以此。按攻合州是元世祖之兄窝阔台，非世祖也。

西瓜已见《五代史·胡峤传》，而江以南犹未有种也。自洪忠宣使金移种归，始有之。亦见李诩《漫笔》。

古辣水用锡罐贮之，上刻"永乐二年熬造"。罐重二斤，水八两，香气酷烈。同上。

左萝石有《古辣水》诗。又有古姓者，自号古辣泉云。古辣本宾、横间墟名，以墟中之泉酿酒，埋之地中，取出名古辣泉。

人参背阳向阴，一名土精。生上党者佳，人形皆具，能作儿啼。今则产辽东之北者最贵重，有私贩入山海关者，至大辟。至上党参，则无有过而问者矣。古今地气不同，抑物性有变易耶？

今人称子弟之不成材者曰"不郎不秀"。汤沐《公余日录》：明初民间称呼有二等：一曰秀，谓故家右族颖出之辈；一曰郎，则微裔末流群小之辈。称秀则曰某几秀，称郎则曰某几郎。人自分定，不相跨越。

李西涯有子兆先，明敏绝人，而好游荡。公一日题其书室云："今日花街，明日柳街，有限光阴，秀才秀才。"其子归，亦题公书室曰："今日黄风，明日黑风，燮理阴阳，相公相公。"杨仪《明良记》。

张忠定廷登屡典乡、会试，得人最盛。其厅联云："门多将相文中子；身系安危郭令公。"

小说载李空同督学江西，一生偶同姓名。李出对句云："蔺相如，司马相如，名相如，实不相如。"应声对曰："费无忌，长孙无忌，公无忌，我亦无忌。"

兵部尚书夏原吉治水江南，与给事中某同寓僧寺。某如厕甚急，夏戏之曰："披衣鞁履而行，急事，急事。"即对曰："弃甲曳兵而走，尚书，尚书。"常输也。见《齐东野语》。

张谊《宦游纪闻》：安南使入朝，出一对云："琴瑟琵琶，八大王一般头脑。"程篁墩对曰："魑魅魍魉，四小鬼各自肚肠。"

金山一小沙弥善对。太守某出对云："史君子花，朝白午红暮紫。"应声曰："虞美人草，春青夏绿秋红。"

一个十字，四个口字。圖字。　一个口字，四个十字。畢字。

今人谓干谒求财者曰"打秋风"。靖江一县令得客所送扇,题还之曰:"马驮沙上县新开,城郭民稀半草莱。寄语江南诸子弟,秋风切莫过江来。"_{同上。}

杨一清童时,有某国公与某尚书同席,各赐以杯酒,一清以两手接之。尚书出对曰:"手执两杯文武酒,饮文乎? 饮武乎?"杨应声曰:"胸藏万卷圣贤书,希圣也,希贤也。"_{同上。}

《宫人》诗曰:"金针刺破南窗纸,偷引寒梅一线香。蝼蚁也知春富贵,倒拖花片上宫墙。"

磨谜:路迢迢而非远,石叠叠而无山。雷遥遥而不雨,雪飘飘而不寒。

采石李太白墓,过客留题甚多,有一诗云:"采石湾头一堆土,李白文章冠今古。来的去的一首诗,鲁般门前弄刀斧。"

荷叶鱼儿伞,蛛丝燕子帘。

陈询出为同知,同僚饯之。令各用二字分合,以韵相协,以成句终之。陈循云:"轟字三个车,余斗字成斜。車車車,远上寒山一径斜。"高毅云:"品字三个口,水酉字成酒。口口口,劝君更尽一杯酒。"询自云:"矗字三个直,黑出字成黜。直直直,焉往而不三黜。"

一字或去上,或去下,仍各成一字(如章字上去立,则下成早字;下去十,则上成音字):兑、克、患、昼、粪、党、罴、蕊、薰、箪、寓、签、巢、奔、苍。

上下无异:中、申、車。

四围无异:田、十、回、井。

中去一字为别字:窮、穷;麻、床;闻、间;间、问;屁、尼;痴、疾;疯、宓;羁、罵;霭、雪。

颠倒各成一字:由、甲;干、土。

移中置上别成一字:田、古;困、杏;困、杳;困、否;回、吕。

移中一画在上别成一字:自、百;曲、西;尹、户。

一字易置为二字者:可、叮;召、叨。

两字各异音同者:瞎、核;镤、帕;铭、溟。

《水南翰记》:国子祭酒和诗有以"瑚弓"作"弓瑚"者,监生嘲之曰:"瑚弓难以作弓瑚,似此诗才欠致标。若是此人为酒祭,算来端的负廷朝。”

天然对偶用经书句者："天维显思，民亦劳止"。"维汝一德，于今三年"。"有能奋庸，爰立作相"。"行此四德，弼予一人"。"文王之德之纯，周公之才之美"。"闲暇而明政刑，会通以行典礼"。"礼乐自天子出，笾豆则有司存"。"欣欣然有喜色，荡荡乎无能名"。"率百官若帝之初，于万年受天之祐"。"发号施令罔不臧，陈善闭邪谓之敬"。"闻俎豆未学军旅之事，听鼓鼙则思将帅之臣"。"亶聪明而有作，不作聪明；由仁义以安行，非行仁义"。"五百里采，五百里卫，外包有截之区；八千岁春，八千岁秋，上祝无疆之寿"。"是为冯妇也，无若宋人然"。"相公公相子，人主主人翁"。"断送一生惟有，破除万事无过"。"迅雷风烈风雷雨，绝地天通天地人"。"无可奈何花落去，晏元献。似曾相识燕归来"。王琪。"水底月如天上月，眼中人是面前人"。杨大年。"天若有情天亦老，李长吉。月如无恨月长圆"。石曼卿。"江州司马青衫湿，王安石，梨园子弟白发新"。蔡天启。"人言卢杞是奸邪，我觉魏征但妩媚"。东坡。"哀王孙而进食，岂望报乎；汤思退。为长者而折枝，非不能也"。洪容斋。"宰予昼寝，于予与何诛；子贡方人，夫我则不暇"。汪圣锡。"孟孙问孝于我我；赐也何敢望回回"。

目字加两点，不作贝字看。贺字。　贝字欠两点，不作目字看。资字。

木了又一口，不作杏字猜。若作困字猜，又是呆秀才。极字。

莫道南风常向北，北风也有向南时。同上。

城外俱是土馒头，城中尽是馒头馅。《暖姝由笔》。

五风十雨梅黄节，二水三山李白诗。李西涯、程篁墩在采石联句。

祝枝山学佛语作叉袋谜：无佛物不开口，开口便成盛佛。盘多罗诘结多，罗破多刹撒多，佛物多难陀驮。

客少主人多，天高皇帝远。

张文潜《宛邱集·仲夏诗》："云间赵盾益可畏，渊底武侯方熟眠。"武侯谓卧龙。此谑当更云汤烊诸葛耳。相传有送鹅及梅子扎云："汤烊右军二只，醋浸曹公一瓶。"

福州仁王寺有僧喜唱《望江南》。或为言于当事，延主一刹，又不得意，作诗云："当初只欲转头衔，转了头衔转不堪。何似仁王高阁上,倚阑闲唱《望江南》。”此与“匆匆不暇唱《渭城》”相似。

《爆孛娄》诗:“东入吴门十万家,家家爆穀卜年华。就锅排下黄金粟,转手翻成白玉花。红粉美人占喜事,白头老叟问生涯。晓来妆饰诸儿女,数片梅花插鬓斜。”

俗语作对:“烧炭用柴,必横柴而竖炭;煎浆下饭,须热饭而冷浆。”同上。

纸画梅花,有诗云:“羌笛有声吹不落,胆瓶无水亦常开。”同上。

俗语:精曰“鲫令”。团曰“突栾”。孔曰“窟笼”。蓬曰“勃笼”。忍曰“熬”。足曰“够”。视曰“看”,曰“望”。按曰“揿”。浮曰“吞”去声。移曰“捅”。流曰“倘”。虹曰“吼”。窍曰“洞”。箸曰“快”。卧曰“党”。概曰“荡”。跑曰“波”。立曰“站”。趋曰“跑”。躲曰“闪”,曰“伴”。藏物曰“圆”。热酒曰“顿”、曰“荡”。泻酒曰“筛”。门关曰“闪”。非常事曰“咤异”。喜事曰“利市”。忧事曰“钝”。阶磴曰“僵磙”。自夸曰“卖弄”。首饰曰“头面”。鞋袜曰“脚手”。器曰“家伙”。取物曰“担”,曰“拿”。疟疾曰“打摆子”。相助曰“帮辅”。小食曰“点心”。

明太祖尝至国子监,有厨人进茶,上悦,赏以冠带。一贡生夜吟云:“十载寒窗下,何如一盏茶。”帝适闻之,应声曰:“他才不如你,你命不如他。”同上。

刘钦谟至一僧寺,僧不答。刘问何礼,僧曰:“我释教不答是敬汝。”刘偶见一戒方,取击僧首。僧问何故,刘曰:“我圣教打是敬汝。”同上。

伍文定与知府出行,见墙头露出一少艾。知府出对曰:“墙内桃花,露出一枝难入手。”伍对曰:“园中梅子,不消几个便酸牙。”同上。

正德三年会试,王鏊、梁储为主考官。教坊演戏,一人问曰:“今年会试文何如?”一人答曰:“王良,天下之贱工也,如何得好文章?”

金星士有《劝世》诗:“有生有死自家知,人不回头也是痴。傀儡一场虽好看,可怜终有散场时。”

一字易置为二字者:可、叼;召、叨;古、右。字异音同者:缌、相、铃。

僭删朱子中庸首节章句

朱子注"天命之谓性"三句,不知费几番参究然后落笔,固已无复可议,而愚窃尚有未安者。"天以阴阳五行化生万物,气以成形,而理亦赋焉,犹命令也。于是人物之生,各得其所赋之理,以为健顺五常之德,所谓性也。"第思孟子云"犬之性"、"牛之性",即同是物类,已不能同性,况能与人各得所赋之理,以为健顺五常之德乎? 盖物之中清浊本不同,有与人性相通者,如蜂蚁君臣,虎狼父子,乌反哺,羔跪乳,鸡司晨,犬守夜,牛负重,马健行,是也。圣人因得而品节之,如牛穿鼻,马络头,皆驯而服之,非必栖鸟于泉,蓄鱼于木,而后谓之品节也。有与人性不相通者,如豺虎之暴,蜂虿之毒,跂行、喙息、蠕动,甚至虺蛇枭獍,亦何莫非率其所赋之自然,而所谓理者果安在乎? 况又有五常之德乎? 圣人于此,亦惟有如周公之驱虎豹犀象而远之,固无所施其品节之方,物亦不受圣人之品节也。益可见人性、物性不可混而同之也。子思专就人身上指示性理,故言无弊。朱子从阴阳五行根源说下,故不得不兼人物而言,既兼人物而言,又于人所得天赋之理处不另为划清,故语多窒碍也。今僭删数字云:"天以阴阳五行化生万物,气以成形,而理亦"亦"应改"即"。赋焉,犹命令也。于是人之生,删一"物"字,专主人说。因各得其所赋之理,以为"健顺"二字亦可删,五常之内自有健顺也。五常之德,所谓性也。"如此注解,似觉意圆而义密。至于末节有"万物育焉"之句,则又是人道之极功,而非谓人物初生时同得天理之全也。愚陋之见,未知然否?

题席帽山人王逢梧溪集

是集久无刻本,余从江阴叶保堂明经处借得抄本,颇完善。一再读之,知其生长于元末明初,与杨维桢、倪瓒、袁凯辈相友善,而始终不仕。盖自托于元之遗老,欲以隐节自完。故其为诗大概以扶植名教、激扬风义为主。如余阙、李黼、石抹宜孙、陈友定、达识帖木儿等捐躯殉难，及他节妇、孝子、义士，无不各有小序以表彰之。尝劝张士诚降元，授官太尉，诗中即以"张太尉"称之。其后士诚僭伪号，则不复齿及。盖隐援陶渊明甲子纪年之义，亦可见其用意所在矣。古体诗音节高古，时有汉魏遗韵；近体亦老成朴实，不落纤佻。固不屑与鳌悗家争工斗靡也。保堂以乡先辈遗墨，不忍听其湮没，将付梓以传，可谓能扶大雅之轮矣。

河　套

河套古朔方地，唐张仁愿筑三受降城处。地在黄河南，自宁夏至偏头关，延袤二千余里，饶水草。明初设东胜二卫，永乐后以地远难守，遂废为瓯脱。正统十四年，有额森旧名也先。寇宁夏，留千余骑于其中，然尚未为所占据也。天顺间，有阿勒楚尔旧名阿罗出。潜来居之，又有伽嘉色楞窃入套，将为久居计。王越等往剿，虽屡捷而寇据套自如。伽嘉色楞又纠元裔们都，将居套内称汗。成化四年，项忠讨满四，恐其乘冰冻与套寇合，乃急攻，获满四。可见是时寇久已居套矣。成化九年，王越袭寇于红盐池，大捷，寇始徙北去，西陲得息肩者数年。成化十一年，余子俊以延庆地平易，寇屡入套，我反居外，寇反居内，故筑边墙千七百里，以限内外。弘治元年，小王子渐入套中出没为寇。弘治八年，鞑靼北部伊果刺、伊木王等入套驻牧，于是小王子等相倚为边患。小王子居东方，号土默特。其分诸部在西北者，曰济农，曰谙达。二部据有河套，时入寇。济农先入，谙达自丰州来会之，相倚为边患。总督刘天和击败之，然终未逐出。后济农死，谙达独盛。嘉靖二十六年，谙达求封贡，诏不许。时曾铣上言："寇居河套将百年，出套则寇宁夏三关，入套则寇甘、固，应请水陆并进，三举则寇不能支，当远徙矣。"帝方向之，而帝意忽中变，故严嵩得以陷铣及夏言于大辟。究而论之，套地水草肥美，自永乐弃废之后又无汉人居之，故寇得窃据。其始犹未敢据为巢穴。中国每岁发兵搜套，其时寇常为客，而我犹为主。迨后驻牧既久，寇且视为故土，彼反为主，我反为客矣。今套地实即鄂尔多斯，守藩服惟谨，与四十八家蒙古及喀尔喀诸部落,长为不侵不叛之臣,自无庸驱之他徙。然则驾驭外籓,固在朝廷之盛德,使之不敢生心也哉。嘉庆十四年十一月初二日,因演剧有《议河套》一出,因略考套中原委于此。

假 印 大 案

嘉庆十四年冬,有蠹吏蔡泳受、王书常、吴玉等私雕假印,凭空捏造事由,向三库及内务府广储司库共十四次,并诈传谕旨,称钦派办工大臣姓名,用伪印文书咨行部院衙门,以致各堂司官被其欺蒙,给发银两。有商人王国栋亦以工程在广储司库领银,看出假印,事遂败露。皇上念此案干涉大小官员甚多,惟恐稍有枉滥,默祷于天。正当节届近年,天气开朗,瑞雪应期,因即照军机大臣所拟,蔡泳受、王书常、吴玉均即处斩,仍先刑夹一次,再行正法。并传集各部院书吏环视,俾知警惧。其为从之谢兴邦、商曾祺,秋后处决。余犯陶士煜等七人发黑龙江为奴。其失察之堂司官分别黜降有差。

海 盗 来 降

闽粤外洋自盗首蔡牵倡假扰滋事,海氛不靖已十余年。牵后为官兵所击溺死,继有朱溃为首猖獗又数年。溃死,其弟朱渥独不愿为匪,嘉庆十四年冬率党伙三千三百余人自首出投,海氛已稍熄矣。而外洋尚有郭婆带、本名郭学显。张保仔二股,船数最多,剽掠亦日久。郭婆带亦愿为良民,张保仔邀其相助不赴,并与保仔奋勇鏖战,杀其伙党百十人,擒获三百余名。自率其众五千余人,亦于十四年冬收入平海内港,赴官呈献,并缴大小船七十余只、炮四百余位。闽浙总督百龄具奏其事,上喜其悔悟自新,赏给郭婆带官把总,令其随同捕盗。又同时有盗首东海霸陈胜等四百余人,亦带领船只炮械来投首,地方文武官乘机剿捕,又歼贼六七百人。余初不知外洋有如许盗贼,今据邸报,投首及擒献歼毙者不下万人。真天子如天之福,自此东南数省,当长享清晏之福矣。

卷六

高 名 衡

王阮亭《居易录》记明崇祯中高名衡工诗画,尝在京画白练衣,内有花二十五种,寄其夫人张氏,并题五七言绝句,《录》中载其四首。以为风雅中人。按名衡字平仲,以御史巡按豫省,劾熊文灿表荐孔贞会,为其所愚,专以抚流贼,遂致误国。崇祯十四年正月,李自成来攻汴梁,名衡偕推官黄澍、祥符县王燮、总兵陈永福等拒守七昼夜,贼退去。名衡由豫按代李仙风为豫抚。是年十二月,自成又攻汴,名衡偕陈永福及巡按任濬等,不解甲者四十昼夜。十五年二月十三日,贼放火药攻城,为浮土所歼而退。三月,贼再来攻,以必拔为期,筑长围困之。直至九月十五日,朱家寨、马家口黄河两路大决,汴城全淹,始护周王以出,仍回城拒守。帝念其劳,得以乞病归。钱谦益记其守城诗,所谓"心同石炮俱糜碎,身与金钱总弃捐"者也。则名衡实为封疆劳臣,何以《居易录》绝无一字及之,但云守汴有功而已。

骆 养 性

王阮亭《池北偶谈》:故明锦衣卫指挥使骆养性,崇祯时,熊开元、姜埰以言事下锦衣狱,一夕,帝御笔谕养性,取二犯绝命。养性附奏缴御笔,谓:"言官有罪,当明正典刑。今以昏夜杀二谏官,臣不敢奉命。"适帝意亦解,遂得不死。按《东华录》,养性入本朝,顺治二年为天津总督,奏请田赋悉照明代原额,其辽饷五百万,新饷九百万,练饷七百三十万,一概删除。得旨允行。是时天津尚沿明季设有总督,故养性得之而竟能奏免天下二千余万之加赋,可谓天下阴受其福,而不知我国家万年有道之长,实基于此。是养性之功,不特救熊、姜一事也。阮亭乃反遗之,未免舍其大而志其细。阮亭又谓宋荔裳犹及见之,而不言其现任官位,盖已致仕退闲矣。

> 骆养性掌锦衣卫,乃周延儒所荐也。后背延儒与中官结,反刺延儒阴事,皆上闻。帝乃大怒,延儒由是赐死。

王　承　恩

崇祯帝缢煤山时从死者,诸书所记不同:冯梦龙《甲申纪闻》谓太监王之心、程源。《孤臣纪哭》谓太监王之心、王之俊。《燕都日记》谓司礼监王之俊。《绅志略》谓王之心从死,王之俊、王德化俱自尽。陈济生《再生纪略》谓王之心从死,其司礼监王之俊,则被贼追赃时自尽。王世德《崇祯遗录》谓京城陷,帝以太子、二王托太监王之心、栗宗周、王之俊三人。帝缢,王之心从死。宗周、之俊献太子、二王于闯贼。是皆无王承恩姓名。惟徐梦得《日星不晦录》谓太监王承恩于十九日缢死,然不言从帝同缢。《国事补遗》及《国变录》则谓帝与王承恩对面同缢。今《明史》载同缢者系王承恩,盖据我朝顺治十一年上谕褒恤明季殉难诸臣十六人,内独有太监王承恩。其时鼎革之际,明末内监多有在宫禁执役者,我世祖章皇帝询得其详,故独褒恤之。康熙四十二年,圣祖仁皇帝以熊赐履等所进《明史》稿载王之心系属错误,特命改王承恩。可见稗官小说多有不可尽信者。而本朝修《明史》时,考订必求确核,真可传信千古。

> 按吴梅村所辑《绥寇纪略补遗》,独载帝与王承恩对缢于寿皇亭,内监皆未知。因御马至山后龁草,一珰识之,始寻得云。梅村成书在顺治壬辰,比世祖褒恤王承恩尚在前。梅村所辑已得其实,可见其临文不苟矣。

张　家　玉

《明史·张家玉传》:闯贼陷京城,家玉抵书骂贼,被缚去,长揖不跪。贼以杀其父母恐之，乃跪。其实父母尚在粤也。然诸野史所记皆无此事。《燕都日记》谓家玉上书闯贼，请表彰死节诸臣。贼始而欲腰斩，继而免罪，仍署弘文院。《日星不晦录》家玉名下注：骂贼，绑出要剐，旋放。《劫灰录》谓家玉年少貌美，声巨词辨，贼曰："吾杀此曹多矣，未有如此不畏死者。"乃释之。家玉恐不得脱，乃转为文誉贼，乘间南走。惟《绅志略》谓家玉上书闯贼，请宾而不臣，贼怒，欲剐之，颜色不变，乃释。而愈欲降之，不可，遣人往拘其父母，乃跪云。是为亲屈膝，事非无因。然诸书皆为之讳，则以家玉归广东后起义兴复，百折不回，死犹不肯以颈血污敌手。其大节固已卓著，此等权宜营脱之处，固可略而不论也。至修《明史》，则不妨瑕瑜互见耳。

华兰芬《燕邸日抄》亦谓家玉已极口骂贼矣，绑出要剐，遽尔回心。为烈不卒，君子惜之。《通鉴辑览》以家玉曾谒闯贼，廷议不予谥。

汤若望　南怀仁

余年二十许时阅时宪书，即有钦天监正汤若望、监副南怀仁姓名，皆西洋人，精于天文，能推算节候。然不知其年寿也。后阅蒋良骐《东华录》，则汤若望当我朝定鼎之初，即进所制浑天星球一床，地平日晷、窥远镜各一具。其官曰修政立法。顺治九年，汤若望又进浑天星球、地平日晷仪器。初曰修政立法，或前明所授官，或其自署。至钦天监正，则本朝所授官也。是年又赐太常寺卿，管钦天监事。汤若望号通玄教师。又从钦天监正升太常卿衔。康熙七年治历，南怀仁议奏：监副吴维烜所造八年时宪书，十二月应是九年正月，又一年两春分、两秋分种种错误。遂革惟烜职，授南怀仁为监副。按国初至余二十许时已一百二十余年，而二人在朝中已能制造仪器，必非少年所能，当亦在三四十岁。则余识其姓名时，盖已一百五六十岁矣。后阅《明史·徐光启传》，以崇祯时历法舛讹，请令西洋人罗雅谷、汤若望以其国新法相参较。书成，即以崇祯元年戊辰为历元。是崇祯初已有汤若望，则又不止一百五六十岁。嗣后又不知以何岁卒也。

《明史·外国传》：西洋人东来者，大都聪明特达之士，意专行教，不求禄利。其所著书，多华人所未道，故一时好异者咸尚之，如徐光启辈是也。

牛　金　星

卢氏县举人牛金星，以磨勘被斥，投降李自成。自成奇其才辨，与谋议帐中。后私归取其妻子，为族中送官，坐斩，得减死论。自成又得之，大喜，伪署弘文馆学士。说自成以私恩小惠收人心，创为"迎闯王，不纳粮"之谣传之民间，并为之分等威，申职守，创官爵名号，大加置署。自成既僭号，拜金星为天佑殿大学士。及自成自京师败归陕，金星子佺为其襄阳府尹。金星随自成自陕南奔，其同党宋献策等皆道亡，金星乃依其子佺于襄阳。此《绥寇纪略》所记也。以后不知下落，料已失势死矣。及阅王阮亭《池北偶谈》，则金星又尝为我朝京卿。盖奸宄之雄，见自成势盛，妄思为佐命功臣；及本朝定鼎，又知天命有归，则背伪主而仕兴朝，尚为得策也。

洛 阳 伽 蓝 记

佛教之入中国，已见《陔余丛考》。今按杨衒之《洛阳伽蓝记》，晋永嘉中，洛阳仅有寺四十二所，今城内外共一千余寺。其最雄丽者为永宁寺，后魏灵太后胡氏所造浮图，九层，高九十丈，刹又高十丈。西域沙门达摩遍历诸寺，谓阎浮提所无也。　按白马寺，汉明帝遣人向西域求得四十二章经，以白马驮来，因以为名。此一寺最古。后魏显祖好浮屠之学，国俗化之，故梵刹之盛，实自后魏始。　报德寺，孝文帝所立，为冯太后荐福。　景明寺、永明寺、瑶光寺，皆宣武帝所立。　秦太上君寺，胡太后为其父母追福。　胡统尼寺，太后姑所立。　景乐寺、融觉寺、中觉寺，皆清河王怿所立。　明悬尼寺，彭城王勰所立。　平等寺，武穆王舍宅所立。　龙华寺，广陵王所立。　宣忠寺，城阳王徽所立。　高阳寺，高阳王雍之宅，雍为尔朱荣所害，故为寺。　追光寺，东平王略之宅。　建中寺，乐平王尔朱世隆所立。　长秋寺,刘腾所立。 昊宁寺,司徒杨椿所立。 又河阴之役,诸元歼尽,王侯第宅多题为寺,故列刹相望。 龙华寺,众羽林所立。 菩提寺,西域人所立。 法云寺,西域乌伤国沙门摩罗所立。 又胡太后曾遣比丘惠生及敦煌人宋云向西域取经,惠生有《行记》,亦载《伽蓝记》内。

按佛教既无益于身心性命,又无益于国计民生,不知何以风行若此。今且更千百倍焉。此固愚民易为所惑,然其始亦必有奇异动人之处,是以所至皈依。如《晋书》载记内所志诵经解难、临刑枷锁自脱之类,大概或竟有其事。即如《伽蓝记》所谓盘陀国王舍位与子,向乌伤国学婆罗门咒,四年尽得其术。还,复登王位。就池咒龙,龙变为人,向王悔过,实足骇人观听。是以人皆信向,到处崇奉。乌伤国有如来晒衣处。龙王寺有如来履石之迹。婆楼城有如来投身喂虎处。王城南摩休国有如来剥皮为纸,拆骨为笔处。再西行五日,有如来舍头施人处。辛头河有如来作摩竭大鱼以肉喂人处,有如来挑眼施人处。雀离国有如来为尸毗王救鸽处。那竭城有如来浣衣处。虽皆出于附会,然能使天下人人附会,必非无因。盖佛教多在咒语、偈语,如张道陵在鹤鸣山造符咒,传之至今犹有验者。并里俗之祝由科、圆梦等技,虽不识字人习之,亦能驱使鬼神,不可尽以为诞妄也。世间万事无不有,岂可以方隅之见概之哉!

庚 申 外 史

权以衡所著《庚申外史》,元顺帝为宋德祐帝之子一事,最为斟酌得宜。谓之真,则无确据;谓之假,则当时朝野咸有传闻。故开卷即书"文宗崩,遗命以明宗子妥欢帖木儿为嗣",此顺帝得嗣位之由来也。下又叙明,德祐帝入元封瀛国公。瀛国公,幼君也。既长,愿为僧于白塔寺中,号合尊大师。后奉诏居甘州山寺。有赵王者出游,过其地,怜其老且孤,留一回回女与之。延祐七年,女有娠,四月十六日夜生一男子。明宗自北方来,早行,见其寺上有龙文五采,物色得之。乃问瀛国公曰:"子之所居得毋有重宝乎?"曰:"无有。惟今早生一男。"明宗大喜,因求为子,并载其母归。是虽未明言此子即妥欢帖木儿，而明宗先有子懿璘只班，立未逾月而殇，此外别无他子，则即妥欢无疑也。顺帝入即位后，又载尚书高保哥奏，言"昔文宗在时，尝述明宗谓陛下素非其子"。帝闻之大怒，问当时草诏者何人。虞集、马祖常以文宗御笔呈上，乃舍而不问。是又明顺帝非明宗亲子，则其为瀛国公遗体不待言矣。故余应、袁忠彻、程克勤诸人各有记述并诗歌。而权以衡此史于真赝疑信之间，可谓措词尽善矣。至其叙至正元年京师大饥，户部遣郎官求粮于扩廓。有普贤奴谓使者曰："他将帅出师，皆朝廷供给刍粮。今察罕父子出兵大河南北，不曾费朝廷一钱，乃来求粮耶？"参政张至道叹曰："三十二年天子，岂可使无一顿饱饭吃？"乃运五十车送京。按至正十一年天下乱，始有颍上红军起。十三年，颍州沈邱人察罕帖木儿起义兵，克复汴梁。其养子扩廓，直至至正二十一年察罕被田丰刺死，始统其父军，安得以征粮事系于至正元年？且张至道谓"三十二年天子"，则应是至正二十七、八年之事，何得倒置耶？

绥　寇　纪　略

　　吴梅村著《绥寇纪略》一书，记明末流贼之祸。仿苏鹗《杜阳杂编》、何光远《鉴戒录》之例，每卷以三字命题。虽不免小说家纤仄之体，而记载详赡，以事系日，以日系月，以月系年，其大者朝章国典、兵制军饷、勋戚之封建、藩邸之支派，以及国变后诸臣死事之忠节，无一不广搜博采。甚至流贼之混号，亦详其氏名，并贼属之伪官，亦注其姓字，不知当日何以有如许档案作为底本。盖直聚崇祯十七年邸报、奏疏、部议，一一考核，又参之以传闻，揣之以情事，而后成书。其自叙谓北都之殉难者，以弘光中礼臣表忠之疏为鹄，而绪闻佐之。豫省以御史苏京优恤之疏为鹄，而绪闻佐之。然不特此也。保定则有陈禧之《甲申上谷纪事》，其他各省访辑详载，虽滇、黔边裔亦搜剔不遗，其心力可谓勤矣。每卷后又各有论断，文笔雅洁，各成一则古文，又可见其深于古学也。

　　《补遗》内为项水心煜、周介生钟力辨其从贼之冤，谓甲申三月十九日京师陷，煜于四月十八日已到南都，弘光即位已在拜舞之列，不知更有何时何地可以从贼。钟本笃厚友悌人，不死实大负生平。乃元末红巾有“媲尧舜而多武功，迈汤武而无惭德”之语，现载陶九成《辍耕录》。忽移以诬陷钟，入之爰书，遂至正法，此何说乎云云。余初疑梅村文人气类，未免意存回护。及观第九卷，李自成伪官如宋企郊、巩焴、陆之祁、张璘然、喻上猷、扬王休、黎志陞、史可镜等，内黎、史二人皆当时名士，而皆直书其从贼不讳。并谓可镜在省垣有声，降张献忠为长、常、辰巡抚，官军械至南都伏法。则因其从贼者之必书，可以知不从贼而诬为从贼者之辨之非徇情也。惟李国祯列于正祀武臣七人之内，书云：“襄城伯，赠太子太师，进侯，李贞武公国祯。”自注云：“襄城之死稍后矣。然不屈而死，祀之可也，进侯则过矣。”云云。然《明史·李濬传》谓国祯被执即降，旋以拷赃自缢死。则谓其不屈而死者，误也。想梅村先据礼臣表忠之疏书于正祀武臣内，后知其拷赃缢死，故又于《赠刘雪舫》诗内有“宁为英国死，不作襄城生”之句，可见其一字不假易矣。

《补遗》内有云：蒋德憬、李建泰、范景文视从前之充位者，相去远矣。下又云：建泰风骨峭拔，性慷慨，负重名。又云：建泰以督师出京，疾甚不能军。保定官绅方誓守城，建泰求入城，见势急，欲用知府邵宗元印以活一城生灵。宗元不可。及城陷，建泰遂降于贼。是亦可见其直笔。

卷十内，张献忠有爱将，皆养子，共十人。抚南将军曰刘文秀，安西曰李定国，定北某轶其名，而平东亦不著其姓名。此外又有艾能奇、第化龙、张能、马元利等，共八人。献忠将尽屠蜀人，平东力谏曰：“王转战二十年，所过屠灭，无寸土。今出万死得斯土，庶几可立霸业。今又屠之，某等何用生为？愿先百姓死。”献忠乃止。献忠谋自蜀入秦，平东又为之破马炌于汉中。是平东者既能为献忠止杀，又能为献忠御侮，实盗贼中之贤者，梅村何以不著其姓名？按献忠爱将十人内尚有孙可望、白文选。今恭读《御批通鉴辑览》，乃知平东即孙可望，定北即能奇，而伪都督则白文选也。梅村不直书，盖可望后为李定国所败,降于我朝,封义王,其子犹袭封慕义公。想梅村著此书时,可望正官于朝,不便明其出自盗贼,故讳之耳。_{白文选后随李定国死于缅甸。}

《明史》孙传庭、杨嗣昌、左良玉及流贼李自成、张献忠等传,大概多取之于吴梅村《绥寇纪略》。盖梅村于顺治九年即辑成此书,而本朝修《明史》则在康熙十七年以后,时天下野史、稗乘、碑志之类皆送史馆,故《明史》于此数传皆以《纪略》为底本。其间稍有不同者,卷七内杨嗣昌伏毒死,下又云嗣昌自缢死,卷八内亦称嗣昌缢死,此未免歧误。《御批通鉴辑览》则云杨嗣昌自杀。又自崇祯十四年以后,李自成攻汴梁凡三次。据《纪略》谓是年正月之攻,高名衡以巡按偕陈永福等拒守七昼夜,贼退去,名衡以守城功擢河南巡抚。其后两次拒守,皆巡抚任内之事。而《明史》谓三次皆巡抚高名衡拒守。_{盖三次皆名衡拒守,故不复分别巡按、巡抚,以省文耳。}《通鉴辑览》则初次守城系名衡巡按任内之事,后二次守城乃巡抚任内之事,与《绥寇纪略》同。

《绥寇纪略》卷九,李自成入西安,长安知县吴从义死之。乃即此卷内隔五页,又云自成封吴从义为太平伯。自成败回陕,从西安逃出时,吴从义尚从之至武昌。岂两人耶?

甲申三月十八日,《明史》谓太监曹化淳开彰义门延贼入。《纪略》谓太监张永裕开齐化门延贼入。是时贼兵多,各门皆有攻击,不止一处也。

京师陷,《明史》谓宫女魏氏投河死,从者二百余人,而不及费氏。《纪略》谓宫女费氏为贼将所得,将成婚,费氏以刀刺杀之,亦不及魏氏。_{盖本两事,各记所纪。《通鉴辑览》魏氏、费氏俱载。}

李自成之死,《纪略》谓通城九宫山有元帝庙,山民赛会,谋捍卫间井。自成以二十骑上山,又止其二十骑,自成以单骑入拜,不能起。山民疑为劫盗,取锄碎其首。既而见其腰有金印,且有非常衣,始知即贼首自成也。《明史》则谓自成率二十骑掠食,为村民所围,不能脱,自缢死。或又云村民方筑堡,见贼少,争前击之,自成脑中锄死。此数事亦微有不同,其余皆符合。而《纪略》凡十二卷,《明史》只以三四十页括之,可见修史者剪裁之苦心也。惟洪承畴驰驱剿贼,自崇祯二年至十一年，无一处不身在行间，而《明史》所列劳绩尚不如《纪略》之详，则正史与野史，体例固各有不同耳。他如以亲兵曰"都虞候"，以勇士为"曳落河"，以番部为"典属国"，以汛地千把总为"候尉吏"，以抚降者为"安集掾"，以阉人为"竖头须"，此则过求典雅而反近于炫博也。

> 闻之故老云：明崇祯十五年，松山为我朝兵所败，传闻督师洪承畴已殉难，崇祯帝恤典极隆，赐祭十六坛。其子弟在京已刻行状散吊客。方祭第十四，崇祯帝将亲祭，《通鉴辑览》谓赐祭十六坛。而承畴生降之信至。后金声起兵徽州，与门人江天一俱败。总督洪承畴谕降，天一诵崇祯祭承畴文以愧之。承畴入本朝，为江南等省经略，又为川、湖、云、贵经略，归殁于京师。其子弟又刻行状，不复叙前朝事，即从从本朝入关起。有轻薄子得其两行状，订为一本以作笑端云。　按承畴历官，惟在前朝剿流贼最劳勚，本朝国史未必叙其在前朝之事，赖《纪略》一书纤屑备载。盖其在前朝，实有鞠躬尽瘁之忠不可泯没者，不必复责其半途失节也。

冒　赈　大　案

嘉庆十三年淮、扬大水，皇上不惜数十万帑金，赈济灾民。有山阳县王伸汉冒开饥户，领赈银入己。上司委试用知县即墨李毓昌查赈。毓昌新进士，以清白自矢，遍往各乡村，查出浮开饥户无数。伸汉惧，许分肥，不受。既竣事，置酒饯别，是夕毓昌暴卒于公馆。淮安府知府王毅来验，口尚流血，竟不问，以颈有绳系，遂以自缢报。家人李祥、顾祥、马连陞皆雇募长随，并伸汉拨来听差人包祥，亦长随也。棺敛毕皆散去。未几，毓昌有叔李泰清来省视，见遗衣有血痕，颇疑之。密访亦有所闻。遂赴京，以身死不明控都察院。具奏，上命山东巡抚吉公提尸柩来济宁检验，口内尚有血痕，通体骨青黑，的系中毒。捕获五长随鞫讯，乃知伸汉贿嘱诸长随，乘其主酒渴，饮以鸩，又绳系颈，若自缢者。上大骇怒，以为从来未有之奇。诸长随皆凌迟处死。内手灌鸩之李祥，解至毓昌坟上，先刑夹一次，剖心以祭其主。顾祥、马连陞先责四十板。包祥创谋,亦先刑夹一次。王伸汉斩决枭示。先验尸之王榖,以得赃,亦斩决。其余查赈徇隐之同知、教官,皆连坐,分别定罪。加赠李毓昌官知府,其继子李希佐钦赐举人,一体会试。赴京控告之李泰清,亦赏给武举人。又御制五言排律三十韵以旌异之。颁诏天下,各地方官谅无不警惕矣。或者虑将来地方官因此遂不敢报灾办赈,不知圣天子视民如伤,惟恐一夫不得其所,岂肯因噎废食。惟向来办赈之法本尚疏略,盖徒察弊于事后,而未能杜弊于事前也。放赈时虽有委员监放,既赈后亦有委员覆查,然官吏不肖者多,或徇隐,或分肥,终属有名无实。救荒之策,究莫如减价平粜。多设厂座,俾远地不致向隅;限以升斗,俾奸民不能囤贩;仓谷不足,则买运以续之:此最为实惠及民之善政。其有灾重必应发赈者,饬各地保开报饥户,官为核实,即缮写姓名。凡一州县之内,各乡必有村镇聚集之所,计不过数十处。发赈之前,先将饥户姓名,并人口之多寡,赈期之久暂,分贴此数十处聚集之所,使人人皆得见之。事后抽查,亦易见虚实。则地方官自无从浮开饥口,即无从虚领赈资,不防弊而弊自绝。圣主可无虑官吏之中饱,而有司亦不必避嫌而匿灾不报,或转致滋事也。

　　明末职方郎李继祯疏言:国家发金钱活数十万生灵,而农桑复业,赋税常供,所得不止数十万金钱也。今已从贼者虽多犹有限,未从贼而将来必至从贼者无限。今日平贼之费与他日平贼之费孰多,今日借出之钱与他日借出之钱孰多,不待词之毕而可决矣。又官允李明睿疏言:先时发出一钱,可当两钱之用;急时与十钱,不敌一钱之用。

银　杏　树

　　嘉庆十四年三月初九日,常州府学大银杏树一株,腹中忽发火,从隙处迸出青绿色,有四五蛇冒火出。初十日辰刻方熄,树仍无伤,葱郁如故。按李戒庵《漫笔》,明嘉靖元年正月二十一日,常州府学银杏树西南一枝忽火发,窍中焰焰,水不能灌。至二十二日方止,树亦无害。未知今被火之树，即嘉靖中被火之树耶？或谓此乃文明之兆。嘉靖元年，府学有华钥中解元。今岁非会试之年，俟日后验之。

唐末董昌反，以卯年卯月卯日卯时僭号。见《吴越备史》。

元末周子旺反，以寅年寅月寅日寅时僭号。见《庚申外纪》。

头 有 肉 角

梁武帝时，钟离人顾思远，年一百十二岁。萧俣见其头有肉角，长寸许。见《俣传》。余亦曾见二人：一江兰皋，阳湖人；一徐姓，嘉兴人。头上皆有肉角，高寸许，年亦皆九十余。盖寿相也。然二人皆贫苦，皆无子，则亦非吉征。

八 仙

俗以钟离权、吕洞宾等为八仙。后蜀孟昶生日，道士张素卿进《八仙图》，乃李耳、容成、董仲舒、张道陵、严君平、李八百、范长寿、葛永璝也。详见黄休复《茅亭客话》。又《图画见闻志》作李阿、长寿仙。《居易录》。

《居易录》载昌平洲柳林村夜有物似马，食人田禾。群伺之，不可得，乃相约弓矢射之。马被创逸去，众随血迹寻之。至周皇亲坟，一石马身有血痕，始知食禾者即此马也。余远祖廉使公讳敏，明景泰甲戌进士，仕至山西按察使。谕茔亦有此异。相传每稻熟时辄秕而不实，但夜有碓米唱山歌声。居民迹之，乃坟上石人也，遂仆之，至今尚卧田中。余欲重起之，居民惧再为田禾祟，哀恳勿立，乃听之。

《长水日抄》云：东坡翰墨在崇宁、大观间尽令焚毁。及宣和间，上自搜访，一纸直万钱。梁师成以三百千取英州石桥铭。谭积以五万钱镂"月林堂"榜书三字。幽人释子寸纸尺幅皆重购归之。是坡书翰不待南渡始贵重矣。

庆远人李文凤《月山丛谈》载广西镇安府五指山与交趾相邻，产水精,弥望如雪。其巨者或取作假山,长至丈余云。余曾作镇安守,其地无所谓五指山,亦绝无水精,况长丈余者耶?

懒妇状如豪猪,入海化为鱼,名奔鲟。取其油作烛,饮酒则明,读书则暗。

晏　公　庙

晏公庙,昔人以为江中棕绳,许旌阳以法印击之,遂称正神云。按《国宪家猷》载猪婆龙事,有老渔问其姓,曰:"晏也。"明太祖曰:"昔救我于覆舟山,云是晏公。"乃封为"神霄玉府晏公都督大元帅",命有司祀之,而不云棕怪。

大　和　尚

石勒称天王,奉佛图澄号曰"大和尚"。今沙门出世领众者例称大和尚,自澄始云。

招安梁山泺榜文

《居易录》载宋张忠文公叔夜招安梁山泺榜文,有拿获宋江者赏钱万万贯,拿获卢进义者赏百万贯,拿获关胜、呼延绰、柴进、武松、张清等者赏十万贯,拿获董平、李进者赏五万贯有差。今叶子戏有万万贯、千万贯、百万贯递降,皆用张叔夜榜文也。又传中方腊贼党吕师囊,台州仙居人,亦非杜撰。又《七修类稿》言《录鬼簿》钟继先作,于此传之事尤多。

文徵明《方竹杖跋》语云:予今年八十七矣,而背未驼,发未黄,灯下犹能为蝇头细书,作画犹能为径丈势,不自觉其为老也。

康熙辛巳,御史张瑗疏请毁明逆阉魏忠贤西山墓及华表碑碣。得旨速行。

李福达匿常州杨七郎家,酒间,能呼屏风上美人下地歌舞。郡仓后深潭有蛟为祟,太守请捕之。作符,令童子入水,即持蛟出,乃杀之,付厨作鲊甚美。又在华亭朱尚书家,一日告别,云往京师,并求两仆同行。既抵京,即令二仆归。后尚书方饮酒,李忽从空而下,又留住经年,乃去。

盘山拙庵禅师诵《白衣观音咒》云:"南无佛,南无法,南无僧,怛𠱒只哆多唵,伽𦙶啰挫伐哆,伽啰伐哆,伽诃呵伐哆,啰伽伐哆,啰伽伐哆,娑诃。"《居易录》。

阿魏散治骨烝、传尸劳、寒热、羸弱、喘嗽方,亦载《续夷坚志》。阿魏三钱;研青蒿一握,细切;向东桃枝一握,细锉;甘草如病人中指许大,男左女右;童便二升半。先以童便隔夜浸药,明早煎一大升,空心温服,服时分为三次。次服调槟榔末三钱。如人行十里许时,再一服。丈夫病用妇人煎,妇人病丈夫煎。合药时忌孝子、孕妇、病人及腥秽之物,勿令鸡犬见。服药后忌油腻湿面诸冷硬食物。服一二剂即吐出虫,或泄泻,更不须服余药。若未吐利,即当尽服之。或吐或利,出虫皆如人发马尾之状,病即瘥。又云此方得自神授,随手取效。陵川进士刘俞字彬叔,传吐利后虚羸,魂魄不安,以茯苓汤补之。白茯苓、茯神各一钱,人参三钱,远志去心三钱,龙骨二钱,防风二钱,甘草三钱,麦门冬去心四钱,犀角五钱锉为末,生干地黄四钱,大枣七枚,水二大升,煎作八分,分三服温下。如人行五里许时,更一服,谨避风寒。若未安,隔日再作一剂。已上二方,须连服之。

又云:治发背、脑疽、一切恶疮。初起时,采独科苍耳一根,连叶带子细锉。不见铁器,用砂锅熬水二大碗,熬及一碗。如疮在上,饭后徐徐服,吐出,吐定再服,以尽为度。如疮在下,空心服,疮自破出脓,以膏药傅之。京兆张伯玉榜示传人,后昆仲皆登第。　又治一切恶疮,服瓜蒌方。悬蒌一枚,去皮,用穰及子。生姜四两,甘草二两,横纹者佳。细切。用白灰酒一碗,煎及半浓,服之。煎时不见铜铁。患在上,食后服。在下,空心服。亦见《续夷坚志》。又云:张户部林卿说有加大黄或木香或乳香没药者。病疮先疏利,次用瓜蒌方。日以乳香、绿豆粉温下三五钱,防毒气入腹,外以膏涂傅之,自无不愈。

用生何首乌五钱,青皮三钱,陈皮三钱,酒一碗,河水一碗,煎至一碗，温服。治疟，不论久近，即愈。

魏象枢初无子，或教以空心日服建莲子，遂生子。李奉倩有子十一人，云亦服此方有验。

食河豚中毒者，陶九成录方：或龙脑浸水，或至宝丹，或橄榄，皆可解。又槐花炒微黄，与干胭脂各等分，捣粉，水调灌即效。

于总宪传三秘方，云皆有奇验。治噎食、倒食症一方：用真柿霜拌稻米蒸饭食之，八日不饮滴水，效。又一方：用虎肚烧末存性，好酒调服，效。治伤寒症：用糯米粽无枣者，和滑石末砸成锭，爆干，烧炭浸酒，去炭热饮之。七日内者即汗，七日外者次日汗。

碧玉露浆方：中秋前后，用无五棓子青布数段，每段长四五尺。五更时于百草头上，将细竹一根掠去蛛网，乃用青布系长竹上，取草露水绞在桶中。绞至布色淡，则另换青布。阳光一现，即停绞。所取露水，用瓷罐贮之。用男乳一杯，蜜一杯，参汤一杯，露水一饭碗，和匀，绵纸封口。次日五更，烧开水三大碗，将此和匀之露水隔汤熟熟，缓缓服之，治虚劳症极效。

扑打损伤方：以十一月采野菊花，连枝叶阴干。用时每野菊花一两，加童便、无灰酒各一碗，同煎服，立效。

又一方：取未退胎毛鸡，和骨生捣如泥，作饼，入五加皮，傅伤处，接骨如神。

治失血症方：取未熟青黄色大柿一枚，好酒煎至九沸，去酒取柿食之，奇效。

麦粉用陈醋熬膏，贴无名肿毒，神效。

宋刘昌诗治喘方：麻黄三两，不去根节，汤浴过。诃子三两，去核用肉。二味为粗末。每服三大匙，水二盏，煎减一半；入腊茶一钱，再煎作八分，热服，无不验。

治男妇气血亏损、喘嗽、寒热重症：用人参一分，真三七二分，共为末，无灰酒调服。二煎、三煎皆如前。日服三次，有奇效。

治肿毒初起：取鸡子用银簪插一孔，用透明雄黄三钱，研极末入之，仍以簪搅极匀，封孔入饭内蒸熟。日食三枚，神效。

《居易录》谓蛤蚧出蜀中，雌雄相抱，妇人临蓐握掌中，儿即易下。

余守镇安,其地最多。雄声蛤,雌声蚧,能有十二声者为上。状如蛙而有青绿色,多在石缝中,以竹片嬲之辄来啮,啮则至死不放。其力全在尾,然不能雌雄并获。药肆所售必以对者,乃以两枚托为成对耳,非真对也。志云能润肺补气壮阳。余为守时,有仆人路陞病痨瘵症,每日和肉食之,半月全愈矣。

有人病溺不下,求于乩仙,判云:"牛膝车前子,三钱共五钱。同锉为粗末,将来白水煎。"空心服之,果愈。

固齿及血䘌方:生地黄、细辛、白芷、皂角各一两,去黑皮,并子入瓶,黄泥封固。用炭火五六片煅,令炭尽,入白僵蚕一分,甘草二钱,并为细末,早晚用。

烂 眼 边 单 方

先洗眼。用桑叶数张,灯心三十寸,红枣七枚,明矾一撮,泡汤洗净。用猪苦胆一个,白蜜四文。猪苦胆略割破,白蜜灌下,用棉线结口,贮在茶杯,隔汤煮之片刻。用羊毛笔搽烂眼皮边,即愈除根。

神 效 洗 眼 方

昔扬州有一赵知府,年九十有余,患眼疾,双目不明,二十年矣。后遇陈八相普长方,用桑白皮不拘多少,煅过存性,将水一碗煎至九分,澄清洗眼。不至一年内,如童儿一般。长方不可隐藏在家,若不传出,家贫寿夭。

洗眼日期开明于下

正月初八 四月初八 七月初八 十月初十 二月初十 五月初五 八月初五 十一月初十 三月初五 六月初七 九月初三 十二月初八 若闰月望日洗亦可。

若有善信君子抄写此方传出世者,功德无量。浙东句章童广凌刊送。

桑 叶 洗 眼 方

立冬日采桑叶一百二十片,悬风处令自干。每用十片,水一碗,于沙罐内煎至八分,去渣温洗。日斋戒,忌荤酒。

正月初五日　二月初一日　三月初五日　四月初八日　五月初五日　六月初七日　七月初七日　八月初八日　九月三十日(月小则廿九日)　十月初十日　十一月初十日　十二月初一日

人被火烧,皮肉焦烂出虫如蛆者,用杏仁为末敷之,即愈。

有老人九十余,某公尝问何以得寿。答曰:"好吃的不多吃,不好吃的全不吃。"

求子之法:妇人服四子汤,男子服四物汤。候月经净后入房,左手足用力。精过后,令女人亦侧左身而睡。盖男血女气常各不足,故各补其所亏也。

治喘方:麻黄三两,不去根节,汤浴过。诃子二两,去核用肉。共二味为粗末。每服三大匙,水二盏,煎减半,入腊茶一钱,再煎作八分,热服,无不验。《居易录》。

治肿毒初起方:取鸡子用银簪插一孔,用透明雄黄三钱,研极细末,入之,仍以簪搅匀,封孔入饭内蒸熟食之,日三枚,奇效。同上。

高邮一学官自言少患血症,用青布非五棓子染者,于荷稻或草木上接秋露最洁者,以瓷瓶盛之。分作十八碗,作三次服。每次六碗,入人参汤五分,冬蜜、人乳各一钟煎服,久而益健。《居易录》。

治疫气、伤寒等症:麦门冬三钱,乌梅三枚,枣三枚,芫荽梗三十寸,灯心三十寸,竹叶三十片,煎服。同上。

梧州鲭鱼胆治眼疾立效。山羊血治血凝亦神效。同上。

治跌打损伤方:以十一月采野菊花,连枝叶阴干。用时每野菊一两,加童便、无灰好酒各一碗同煎,热服。同上。

又一方:未退胎毛小鸡一只,和骨生捣如泥,作饼,入五加皮,傅伤处,接骨如神。同上。

治失血症:未熟青黄色大柿一枚,好酒煎九沸,去酒取柿食之,神效。同上。

麦粉不拘多少，用陈醋熬膏，贴无名肿毒，神效。同上。

魏象枢无子，或教以每晨空心服建莲子，遂生子。李奉倩亦服此有效。

空中木通连白葱须三寸，半酒半水煎服，治疝有效。

用生何首乌五钱，青皮三钱，陈皮二钱，酒一碗，河水一碗，煎至一碗，不论久暂即愈。

黑豆丹方：用黑豆五斗，洗干后蒸三遍，去皮。又大好麻子三升，浸一宿取出，亦蒸三遍，令开口，去壳。用豆五升，麻子仁三升，先捣豆黄为细末，再捣麻子仁极细，添下豆黄匀作丸，如拳大。入甑内蒸过，从晨至夜参子时住火。天晓出甑，至午晒干，捣为细末服之。但以不饥为度，不得食他物。第一顿七日不饥，二顿四十九日不饥，三顿百日不饥，四顿千日不饥。如更服，永不饥矣。渴则饮新汲水或大麻子浆。若要重吃他物，用葵菜子研细末煎汤，冷服下，亦可。《戒庵漫笔》。

治一切发背毒疖：用虾蟆肝一个，银硃五分，再用好墨研磨，搽甚效。《暖姝由笔》。

韭菜地曲鳝泥，水调，治狗咬疮。同上。

治翻胃病：用梨一个，以箸钻一眼，入胡椒一粒。纸裹，灰中煨熟，去椒食梨。三五个试之，极效。

治积块：用白头老鸦，以青靛一二碗煮，食其肉。将骨磨末，面糊丸，酒下。

治喉闭方：用梧桐子一二十粒，研细，加少醋服，下痰自愈。

治心疼：青靛半盏，长流水半盏，调服。

治男妇气血两亏：用人参一分，真三七称二分，共为末，无灰酒调服。二煎、三煎皆如前。服三次，有奇效。

土虺蛇伤人最毒，用水牛耳中垢腻涂咬处，甚效。或急摘桑叶，取白汁滴伤处，亦效。

治鹤膝风：用碗锋略破虾蟆腹，留缝，不可穿。缚置患处。待动胁移时，虾蟆受毒辄死，再易一枚。不过两三枚，即愈。

治发背：用苍术去黑皮，加地龙、即蚯蚓。盐梅即霜梅。等分，捣成泥。猪胆调围四周，空头渐愈。传是孙真人方。

指甲刮极细末点目中，去翳甚妙。

治溺死者，急以鸭血灌之，可活。

治疯狗、毒蛇咬伤者，以人粪涂伤处，极效。须新粪乃佳。《戒庵漫笔》。

治广疮：用干荷叶浓煎当茶吃，六七日即愈。同上。

治虎伤：服香油，可解其毒。《戒庵漫笔》。

治病眼：用石蟹，水磨之有腥气，涂两眦，能已痛。《居易录》。

檐曝杂记续

钦赏三品职衔准重赴鹿鸣宴谢折

原任贵州贵西道臣赵翼、原任刑部郎中臣姚鼐,为恭恳代为奏谢圣恩事。奉上谕:"本年庚午科乡试,据广厚奏:'江苏省原任贵州贵西道赵翼现年八十四岁,安徽省原任刑部郎中姚鼐现年八十岁,均系乾隆庚午科举人,循例恳请重赴鹿鸣宴'等语。赵翼、姚鼐早年登第,耄齿康强,宾兴际周甲之期,寿考叶吉庚之岁,允宜加锡恩施,以光盛典。赵翼着赏给三品顶戴,姚鼐着赏给四品顶戴,俱准重赴鹿鸣筵宴,以示朕加惠耆儒至意。钦此。"臣翼、臣鼐窃自思樗栎菲才,草茅陋质。昔年入仕,曾无补于涓埃;中岁归田,但专营于著述。猥以林居晚景,适逢乡举初程,蒙皇上宠加旧秩以赏衔,准随新班而赴宴。礼筵有座,听广乐丁笙簧;章服增荣,耀襕衫丁黼绣。与作人之化,弥知圣寿之无疆;游化日之舒,又及引年之优赐。恩施非望,感切难名,惟有咏歌太平,虔祝纯嘏。教儿孙经书奋迹,世笃忠贞;率乡里孝弟力田,各勤耕凿。以期仰报高厚洪慈于万一。所有感激下忱,伏乞代为陈奏,恭谢天恩。

> 按:历科以来,惟庚午乡试多有重赴鹿鸣者。姜孺山《松江诗抄》云:"康熙庚午,上海人陆秉绍中副榜,有《和黄宫詹会先后同年》诗云:'车骑联镳赴绮筵,鹿鸣歌后谒高年。却夸蕊榜题名外,添得三朝一地仙。''周甲科名曾有几,乡邦旧事却重新。东山久系苍生望,六十年前榜上人。'"余中式乾隆庚午科顺天乡试,亦有吏部侍郎黄叔琳来会先后同年。盖即黄宫詹。今嘉庆庚午,余又与姚鼐及汉军施奕学、浙闱周春、闽闱林田培共六人,皆重赴鹿鸣。是庚午科必有重赴之事。其他如黄宫詹诗所称王文恭重赴癸卯,此外则近年梁同书、翁方纲皆重赴丁卯,余不多见也。

又按：少司寇阮吾山《茶余客话》记东莞尹之逵，顺治丁酉举人。至康熙丁酉科，以巡抚会先后同年，重赴鹿鸣筵宴。主司严思位赠诗云："六十年前攀桂客，天留硕果到今时。已从石室传丹诀，复与琼筵泛玉卮。金粟山头清白吏，珊瑚渊畔去来辞。非潜非见穷经术，百岁常为后辈师。"康熙乙卯乡试，松江进士唐昌期以万历乙卯，亦会先后同年。有客赠诗："鹰扬杖履追前哲，鹗荐科名接后贤。"乾隆己未，赵执信亦与新举人会先后同年。沈归愚赠诗，有"后先己未亦同年"之句。余中庚午科，亦有侍郎黄叔琳昆圃来会先后同年。次年辛未，昆圃并会会试同年。其家本住京师，乃邀新进士至家大合乐，辇下称盛事。庚辰会试，史文靖贻直相国亦循故事。壬午，闽中黄莘田亦会先后同年。又浙江丙子科有吴大炜，顺天甲午科有孟琇，云南己酉科有赛玙，俱重赴鹿鸣。赛玙年正百岁，特赐进士。壬子科湖北万年茂，福建陈材、邱理德，湖南覃昌明，亦俱会先后同年。庚戌科会试，稽相国璜重赴琼林。

跋吴氏三老图

乡先辈胡忠安公年老致政，家有兄弟三人，俱康强无恙。乃筑寿恺堂，觞咏其中。《明史》载之，传为盛事。今吾乡又有吴氏昆弟三人：长瑞丰，年八十四；次载功，八十二；次太和，八十。白首相对，雍睦一堂，至老不析产。儿孙两三代，或儒或贾，皆能守其家。虽校之忠安公名位声望有大小之不同，而家门聚顺，和气致祥，实足称升平人瑞也。

老　　境

昔文徵明八十七岁时，尝自谓灯下犹能作蝇头细书，作画犹能为径丈大幅。足见其老而强壮，神明不衰。余今年亦八十六矣，既不能书，又不能画。以诗遣日，亦安得许多诗思。惟范蜀公景仁言端居静

坐,不起念虑,虽儿童喧哗近在咫尺,亦不见闻。黄山谷谓景仁深于
学佛,故得此养闲之法。而余则浮躁性生,此心不能一刻不用,又安
能窃景仁之绪余也。

妖 民 吸 精 髓

徽州歙县颜子街有妖民张良璧,能吸童女精髓。年已七十余,须
眉皓白,而颜貌只如三四十岁人。其术诱拐四五岁女童,用药吹入鼻
孔,即昏迷无所知,用银管探其阴,恣吸精髓。女童犹未死,抱送还其
家。或数日,或十数日始殒命,人皆不知其中伤也。忽一日门扃有罅
缝,同被诱之女童瞥见之,归语其父母,事遂败露。此声既扬,县尉某
先拘其妾某氏讯供,诸被害家亦争控于官,然无赃证。良璧到案,挺身
长跪,抗论不挠,谓从古无此事,何得以莫须有之事诬陷人。严讯三日,
并呼其妾质对,始吐实。二十年来,被拐者共十七人,其四人尚无恙,余
十三人皆被戕。适有同乡御史吴椿官于朝,合邑士民公札寄知,椿据以
入奏。皇上饬地方有司,讯得实情。良璧照《采生炙割律》凌迟处死,妾
及子皆遣戍,失察之官吏黜革有差。此嘉庆十六年八九月间事。

书史印曾死孝事

毁不灭性,亲丧而以身殉,过矣。然在死孝者,非必以身殉为期,
而伤惨之至,有不期而殒其生者,君子未尝不哀其志而惜其命也。溧
阳史印曾,字绥紫,父汝杰,官潞安府同知。印曾幼随任,事父及母谢
氏,即能得其欢心。父解官归,母病,印曾奉汤药,衣不解带者累月,
骨柴立如枯腊。吁祷不效,母殁,呼抢不欲生,长号擗踊,呕血数升而
死。是真死孝者矣。

书刘慕陔绵州救难民事

绵州为蜀省最冲要地,杜甫所谓"绵州州府何磊落,显庆年中越

王作"者也。历代沿革,载在州志。嘉庆五年,忽有白莲教匪徒俶扰,偷渡嘉陵江,渐逼潼、绵,肆抢掠。适毗陵刘慕陔以名进士来牧是州,叹曰:"是不可以徒手障也!"乃先捐米五百石,钱千缗,为士民倡。士民见公为民保护如此,无不踊跃乐捐。不数月,得白金六万两。鸠工庀材,不匝月工成,屹然崇墉。士民扶老携幼入城,俱得倚毗,无一被戕者。将军魁公亦领兵万余,驻绵之金山驿,相距仅三十里。恐有匪徒混入难民内,城下有船数十艘,不许拨往济渡。慕陔目击阽危,不忍以非己部民遂恝视,请于将军。不得,继以涕泣跪求,愿供具军令状,如有不测,惟州牧是问。于是万余人咸得生路。其自旧绵赴新任也,迎者送者,父老旌幢,儿童旗伞,几于锦天绣地。在籍李翰林调元曾有句云:"百堞能容千户住,一航先救万人生。"今竟称"刘使君城",盖自古官民之相爱,未有盛于此时者。佥曰:"生我者父母,活我者刘使君也。"予尝读《明史》宋礼、周忱等传,谓皆能殚公心以集事,而其才又足以济之。然事之有迹者易以传,而事之因人者难为继。如慕陔之筑城、济渡二事,实兼昔人之长,行当与汉之栾公社、唐之狄梁公生祠并垂不朽矣。

西 山 煤 煤本屋尘。其产于山而可供爨者曰石炭,今概以煤称之。

京师自辽建都以来千有余年,最为久远。凡城池宫殿、朝庙苑囿及水陆运道,经累代缔构,已无一不完善通顺。其居恒日用所资,亦自然辐辏,有若天成。即如柴薪一项,有西山产煤足供炊爨。故老相传"烧不尽的西山煤",此尤天所以利物济人之具也。惟是都会之地日益繁盛,则烟爨亦日益增多,虽畿甸尚有禾梗足资火食,而京师常有数十万马骡借以刍秣,不能作炊爨之用,是以煤价日贵。余在京时,煤之捶碎而印成方墼者,每块价钱三文,重二斤十二两。今价尚如旧,而每块不过斤许矣。此不可不预为筹及也。闻直隶真定府之获鹿县有煤厂,产煤甚旺,距京不过六百里。似可以获鹿之有余,补西山之不足。其间或有水道不通之处,量为开浚,如淮右之五丈河,俾船运常通,则永无薪桂之患。

宜兴山中人有善捕虎者,用粘胶散布于乱草上。虎来必就草打滚,则草尽粘在身,愈滚愈粘。虎性急不耐烦,滚愈急,辄哮吼而死。此亦前人未有之奇也。

秦 淮 画 舫 录

〔清〕捧花生　撰

赵丽琰　校点

校 点 说 明

　　《秦淮画舫录》两卷,清捧花生撰。捧花生,生平未详。疑为车持谦。车持谦,字子尊,生于清高宗乾隆四十三年(1778),卒于清宣宗道光二十二年(1842)。身世无考。

　　全书共二卷,成于清嘉庆二十二年。记载了清代嘉庆年间秦淮河青楼女子的轶闻及文人的题赠。作者自序云:"综诸姬之皎皎者,附以投赠诗词。分纪丽、征题为上下二卷。因成于画舫之游,即题曰《秦淮画舫录》。盖窃仿曼翁之体,而以丽品为主,雅游、轶事因以错综其间。"本书虽是专门介绍青楼勾栏的,但作者品题闲适优雅,所录诗词情感真挚,一定程度上反映了当时社会生活的特定侧面,为众多"香艳丛书"所辑录。

　　本书版本主要以"捧花楼原刊本"而流传,收入多种丛书。今以清同治十三年上海申报馆铅印本为底本,以清嘉庆二十二年刻本为校本,参校清宣统元年虫天子辑《香艳丛书》、民国十七年佚名辑《秦淮香艳丛书》等。凡底本有误者,则据校本径改,不出校记。

目　录

序

　　山塘绿水，酒地花天；烟月红桥，筝船箫局。大江南北述冶游者，无不哆口繁华，醉心佳丽矣。至于记金陵之琐事，听石州之新声，渡接青溪，居连白石。单舟叠舸，钗飞钏动之场；六柱重阑，簧暖笙清之会。盖其分腴江孔，金粉犹多；拾渖齐梁，风流未沫。固有孙荣、张泌之记载，敦颐、彦夔之撰著所缋缕未及者，故联俊侣，洽欢悰，必以秦淮为最。乃自《燕子》、《桃花》，徒传旧曲；帕盟盒会，久断前闻。甄综已虚，妍华不发，水波黯黯，楮墨沉沉，几使澹心《杂记》一编，芬响莫嗣。此捧花生《画舫录》所由昉也。嚼蕊吹叶，写翠传红，人聚大罗之天，书续《小名》之录。姝丽遇之操珇，姓字荣于镌苕，洵研北之绮怀，江东之艳纪矣。仆十载重来，难寻泥爪；三春小住，易感风花。每忆凉笛一支，水厅宵露；明灯四角，浪桨秋风。扇影鬟丝，眉缭花而语结；脂奁镜槛，手携玉以魂销。如梦如尘，顿成前度，坐令坠欢难拾，单情不双。兴倦寻芳，又过辛夷花下；情殷感旧，揭来丁字帘前。粉白墙围，认依依之垂柳；油红窗掩，添寂寂之新落。触搅因之，何能已已。所幸天葩独秀，奇花初胎，晚出既多，后来居上。铢衣妆薄，不数绮纨，彩笔敷华，足空粉黛。题品冠于玉笈，契赏浃于琼情。差慰羁孤，不辞镂刻。殆又非斟酌桥边，茱萸湾畔，所得有此隽韵也。属为跋尾，永识倾心。此日墨池雪岭，声价有待于崔崖；翌时吹竹弹丝，陶写定邀夫温尉。嘉庆丁丑日月会于龙狨之次，海昌杨文荪拜序。

序

　　七九甫卸，十千倦沽，款古欢之罕通，接玄言而寡析。乃挈雁椟、笼鸡缸，就捧花生联讨春之社，结排日之欢。生瞿然曰："唯唯，否否。子姑舍是，仆病未能焉。"徐出所述《秦淮画舫录》以相属，曰："是编也，子盍为我弁之。"余受而卒业曰："兹岂洪公《小名录》耶？抑岂黄氏《青楼集》耶？"惟夫志瑶英之美者，必表异于连城；撷桃李之秾者，亦延芳于群卉。方其金钱会启，华鬘天开，窥臣则无事登墙，送客则何嫌交舄。覆来翠被，眉语初成；报到金钗，指纤微露。际春光之骀宕，极遐想之回皇，怀岂能忘，见难曰惯。侦秘辛之杂事，趁太乙之余辉，斯则宋大夫因以逞词，陶令尹于焉作赋者矣。又况秦淮者，袭梁陈之旧艳，腾燕赵之芳誉。娇纨縠于丁年，送郎花底；敞楼台于子夜，迎汝桃边。倚木兰之楫，箫管既坐之两头；叩枇杷之门，藻翰复腾于众口。宁无金屋，问贮之者其谁？亦有琼浆，思乞之而未可，遂至伤萎华于绮岁，慨落涊于韶龄。半幅红罗，鸳真作结；一杯碧酿，鸩亦为媒。屏铅膏之旖旎，身依蒨卜林中；盼车马之稀疏，泪满琵琶江上。既零星而整比，爰次第以编排，棒喝一声，书成三叹，然则命曰《秦淮之画舫》，实即觉岸之慈航乎！生笑曰："诺。子诚善我者也。翌日玉台对簿，绛树皈禅，其待援子为左证耳。"余无以应，为跋诸尾以归之。嘉庆仓龙三次疆梧试灯后二日同里汪度拜撰。

序

　　七夕生属为捧花生《秦淮画舫录》弁言,仓卒未有以应也。延秋之夕,蕊君招集兰语楼焚香读画,垂帘鼓琴,相与低徊者久之。蕊君叩余曰:"媚香往矣。《桃花扇》乐府,世艳称之。如侯生者,君以为佳耦耶,抑怨耦耶?"余曰:"媚香却聘,不负侯生。生之出处,有愧媚香者多矣。然则固非佳耦也。"蕊君颔之。复曰:"蘼芜以妹喜衣冠,为湘真所距。苟矢之曰:'风尘弱质,见屏清流,愿蹈泖湖以终耳。'湘真感之,或不忍其为虞山所浼乎!"余曰:"此蘼芜之不幸,亦湘真之不幸也。横波侍宴,心识石翁,后亦卒为定山所误。坐让葛嫩孙郎,独标大节,弥可悲已。卿不见九畹之兰乎? 湘人佩之而益芳,群蚁趋之而即败,所遇殊也。如卿净洗铅华,独耽翰墨,尘弃轩冕,屣视金银,俎侩下材,齿冷久矣。然而文人无行,亦可寒心。即如虞山、定山、壮悔,当日主持风雅,名重党魁,已非涉猎词章,聊浪花月,号为名士者可比。卒至晚节颓唐,负惭翠袖,何如杜书记青楼薄幸,尚不至误彼婵媛也。仆也古怀郁结,畴与为欢,未及中年,已伤哀乐。悉卿怀抱,旷世秀群,窃恐知己晨星,前盟散雪,母骄钱树,郎冒璧人,弦绝阳春之音,金迷长夜之饮。而木石吴儿,且将以不入耳之言,来相劝勉曰:'使卿有身后名,不如生前一杯酒。'嗟乎! 薰莸合器,臭味差池;鹡鸰同群,蹉跎不狎。语以古今,能无河汉哉!"蕊君沾巾拥髻,殆不胜情。余亦移灯就花,黯然罢酒。维时七夕生索序甚殷,蕊君然脂拂楮,请并记今夕之事。夫白门柳枝,青溪桃叶,辰楼顾曲,丁帘醉花,江南佳丽,由来尚已。迨至故宫禾黍,旧苑沧桑,名士白头,美人黄土,此余曼翁《板桥杂记》之所由作也。今捧花生以承平之盛,为裙屐之游,跌宕湖山,甄综花叶。华灯替月,抽觫摩笛之天;画舫凌波,拾翠眠香之地。南朝金粉,北里烟花,品艳柔乡,纾怀琼翰,曼翁《杂记》,自难专美于前。窃谓轻烟淡粉间,或有如蕊君其人者,两君试以斯文示之,并语以蘼芜、媚香往事,不知有感于蕊君之言,而为之结眉破粉否也?钱唐阆玉生陈云楷书于苏台兰语楼烛下。

自　序

　　游秦淮者，必资画舫，在六朝时已然，今更益其华靡。颇黎之灯，水晶之盏，往来如织，照耀逾于白昼。两岸珠帘印水，画栋飞云，衣香水香，鼓棹而过者，罔不目迷心醉。余曼翁《板桥杂记》备载前朝之盛，分雅游、丽品、轶事为三则，而于丽品尤为属意。良以一代之兴，有铭钟勒鼎者，黼黻庙堂，以成郅隆之化；即有秦歌楚舞者，点缀川野，以昭升平之休。如湘兰、小宛、今燕、白门辈，洵足辉映卷册，称播士夫。《易》曰："良人得其玉，小人得其粟。"不其信欤。自是仿而纂辑者，有《续板桥杂记》、《水天余话》、《石城咏花录》、《秦淮花略》、《青溪笑》、《青溪赘笔》各书，甄南部之丰昌，纪北里之妆橡，不下一二十种。余幸生长是邦，目睹佳丽，偶亦买漆版，唤藤绷，泂溯中流，评花泊柳，本苏子瞻之寓意，为庾肩吾之近游。日月既深，见闻滋广，综诸姬之皎皎者，附以投赠诗词。分纪丽、征题为上下二卷。因成于画舫之游，即题曰《秦淮画舫录》。盖窃仿曼翁之体，而以丽品为主，雅游、轶事因以错综其间，不必于从同，实亦未尝不同已。或谓此录之作，未必遂空冀群。不知前乎此者非不佳，陈陈相因，无事余之重录也。后乎此者亦不少，绵绵不绝，容俟余之续录也。或又疑平章金粉，无裨风化，适为淫惑之书，虑损劝惩之旨。余曰：《烟花录》、《教坊记》，隋唐以来，副载经史，区区撰述，何足以云。且葩经不芟桑濮，阎浮亦陈采女，风花水月，竟又奚伤哉？或去，遂书以为叙。嘉庆游兆困敦进瓜日捧花生识。

跋　　题

　　捧花生别三年矣。顷附邮筒，缄其近辑《秦淮画舫录》二册视余。余维秦淮佳丽，甲于虎嶐、萤苑、金牛湖诸胜。历朝以来，屡见名人诗咏，闻者莫不神移。降自胜国末年，尤为极盛。当四方兵戈纷扰，告警之书日不暇给，而河上笙歌，尚复喧阗竟夜。甚至社屋已迁，宫车晚出，致身殉难者，了不乏人。二三鼎轴之臣，转事委蛇观望，卒之偕白马来朝。彼北里小女子，如方李河东，反次第以奇节表著。於戏！祖宗养士三百年，只图宴乐，无与颠危，徒令后之人眺揽其间，谓天地英灵之气，不钟于朝右之男子，而钟于女闾之妇人，亦可慨也夫！我朝缔造日久，海甸升平，四方人士来吾郡者，争思寻古迹，证前闻，命棹欹篷，逍遥靡间。而粉白黛绿之辈，因亦出其色艺，以佐文人学士之宴谈。噫，其盛已！捧花生江湖十载，匿迹樊川，偶为载酒之游，必事奚囊之纪，积日累月，汇成是编。虽其著作诗文，早腾骏誉，兹特游戏笔墨，不足为生引重。而窥其纂述之意旨，亦谓此中未尝无人也。所录诸姬，往来迁播，不一其时，余向识者亦仅十之二三。或有题赠之作，稿已携置行箧，未荷甄取，行将检校一过，缮寄江南，恭俟订正而续刊之。碧云在望，红豆相思，偻指旧游，眷恋曷已。嘉庆二十二年岁舍尾箕太一在赤奋若霜月之皇极日，上元马功仪拜题于武康官寺西偏。

跋

画舫肇于庐陵，湖船沿于樊榭。一则缔斋作记，一则在水征名，烟素横飞，工矣未也。生面独开，奇文共赏，居今况昔，断手其谁？捧花生琢钉慧早，裛璧名迟，枕葄之余，殚心述造，固已掷金声而腾纸价矣。间综平安之游，足志建康之缺。属以秦淮者，五都萍聚，六代花迷，俪胜景于相蓝，寄闲情于大白。扣舷思去，拥楫歌来，恤恤乎思深哉！莲花柳絮，出泥黏泥；桃叶竹枝，团雪散雪。呵听法秀，音媲频伽，要其指归，亦丽则之绪也。懵者或尘杂求之，谓旧院之逸人，樊川之影国，俣夫！嘉庆丁丑上元日药谱居士长海谨跋。

题　　词

奉题秦淮画舫录　　　　　　汪世泰_{紫珊}

眠蚕小字界乌丝，水软山温又一时。芳草恰添连岁恨，夭桃还系去年思。不妨花叶亲题咏，才信菖蒲易别离。团扇弓衣图绣遍，感恩多少女儿痴。

秦淮曲曲蒋山苍，拥楫来游及晚凉。蝴蝶半生花作国，鸳鸯是处水为乡。谁摹月下明妃面，几断筵前刺史肠。珍重品题持翠管，且凭开卷叱王昌。

惊红倦绿等烟消，杂记何人续《板桥》？帕盒会中寻北里，管弦声里话南朝。过来絮果随波咽，未了花愁仗酒浇。听说明珠携满袖，几时真个盼藏娇？

传柑佳会倏经年，带水盈盈滞远天。缟纻交亲劳远讯，苕华名字合分镌。青衫不尽江湖感，红粉重开翰墨缘。已分艳情销欲净，又听钗响蛎墙边。

勾当白门适捧花生秦淮画舫录
编成触挑旧欢怊惆影事未能
脉脉为题此章　　　　　　汪　瑚_{海树}

值得香名次第编，游踪何处问樊川？鸳鸯局换春犹小，莺燕声沉梦已迁。笛里竹枝新艳异，渡头桃叶旧因缘。不图镂月裁云手，一一重开色界天。

探　春　慢　　　　　杨文荪芸士

南部烟花,南朝金粉,销沉无限佳丽。碧树华灯,青溪细笛,新艳更谁堪纪? 别样消魂谱,看一片、墨痕都碎。怎教天上飞琼,人间也识名字。　　从此合当情死,尽写怨鬘欢,几多清泪? 裙屐香迷,钏环影乱,领略者般情味。说与婵娟侣,有缕缕、梦魂难寄。好待寻春,评花准共吟醉。

读秦淮画舫录感旧抒怀为题六律
不自知其拉杂也　　　方　凝子旒

丽人年少学吹箫,住近青溪旧版桥。阁外乳莺啼绿雨,花边流水荡红潮。添衣半臂春还冷,带晕双涡酒未消。值得闲情学周昉,眉图一一为亲描。

缓扣琼扉踏绿茵,寻芳莫负艳阳辰。千金骨重腾新价,一曲心多感旧人。秦淮方行三十六心曲。对客倦时疑薄醉,爱他欢处动微嗔。不为罗袖终为带,约束亭亭袅袅身。

倾囊有客赋迷香,玉雪丰姿锦绣肠。好对断霞浮大白,忍教明月逐流黄。篆丝堕地帘才卷,烛影窥人夜未央。莫便当筵愁薄幸,使君终异野鸳鸯。

春风薇帐梦同酣,别后心情太不堪。领上香痕防阿姊,胸前佳兆误宜男。白登未返蒲梢马,绿鬓空留杏子簪。手把瑶编重检点,最销魂处是江南。

莲出青泥鸟脱鞲,因君重拨一番愁。岂无骏马驼痴感,稍慰浮萍逐浪忧。羃笛荒凉文杏馆,采莲寥落木兰舟。是身老大都堪念,不听琵琶已泪流。

冰茧连篇墨未干,情天心事写无端。上头名字宜佳传,入眼风花足大观。屋定贮成金灿烂,田谁种出玉团圞。寄声第一新妆者,倚云阁。也值苕华细意刊。

奉题秦淮画舫录用温飞卿
春江花月夜词原韵　　　裴　镔竹腥

　　欸乃一声鸦阵黑，秦淮好梦迷香国。十里珠帘九曲溪，色即是空
空是色。年年韵事积重重，谱入瑶编舞墨龙。剩有柔情腻淮水，秋来
处处长芙蓉。画船箫鼓灯明灭，家家水榭清讴发。消魂别有助情花，
庭畔茉莉开似雪。迟迟月影照街西，兰桨初停报晓鸡。莫笑温柔乡
里者，开缄也被粉香迷。情缘初动层波起，柳摇芳梦春风里。不须慧
剑断情丝，笔逐行云心止水。

　　　　　　　　　　　　　　　　　　　　　石　　朗松亭

　　鸳谱零星手自编，都凭翰墨话因缘。菱荇小证风前果，泥絮同参
悟后禅。捧出重楼花簇簇，先生所居曰捧花楼。寻来旧院柳娟娟。是谁授
与珊瑚管，色界翻新第几天？

　　　　　　　　　　　　　　　　　　　　　严骏生小秋

　　六朝佳丽盛青溪，难得才人入品题。晕碧团红模艳态，香名肯让
若耶西？

　　临流三十六鸳鸯，秋菊春兰各擅场。好藉藤绷新画舫，看花取次
到柔乡。

　　年来惆怅倦寻春，认取红羊劫后身。今日又为惊蛱蝶，一编如作
卧游人。

　　风花过眼几纷更，楮墨长留不断情。料得蛾眉同结柳，乞诗争绕
玉溪生。

　　　　　　　　　　　　　　　　　　　　　裴　　锜受堂

　　渺渺柔情托水涯，妆楼高处簇云霞。香薰秘笈神仙篆，艳夺重台
姊妹花。翠袖争邀新月旦，青衫细谱旧风华。十年前与金钱会，一曲
歌珠蜡泪斜。

　　　　　　　　　　　　　　　　　　　　　裴　　镛迪君

　　春潮香涨绕青溪，曲曲波光到眼迷。金粉楼台花世界，十分妆点
待君题。

集艳曾经记《板桥》，香名小字不胜娇。重看《画舫》编新录，隐约风流旧六朝。

周铭鼎梅生

燕子桃花送六朝，玉箫声里怅无寥。是谁添与相思泪？都化秦淮早晚潮。

春梦如云淡欲流，春情满载木兰舟。山塘烟柳扬州月，何似湖名唤莫愁？吴门、扬州俱有《画舫录》。

相逢天女捧花时，君方以《捧花图》属为题词。绮丽情怀不自持。翻出《板桥》新杂记，家家红袖写乌丝。

谈承基念堂

冰瑄蝉绵托艳情，昙华小谪下瑶京。齐梁旧梦啼莺破，徐庾新词织锦成。远阜画匀眉鬓影，长淮流出管弦声。漫凭玉镜论颜色，听取才人月且评。

帘底新妆换绮罗，潮生潮落奈愁何。红巾暗拭唐衢泪，紫玉争传傅寿歌。倚月四弦怜夜寂，渡江双桨载春多。一编留得鸳鸯牒，未许情尘委逝波。

高　阳　台

蔡世松友石

长安寓斋读《秦淮画舫录》，感题此解却寄。

叶底书云，蕊边研露，三千里外相思。鸳牒翻开，钱钱、简简、师师。香泥已分沾飞絮，又因君、蹙损双眉。怅天涯，消瘦谁怜，消渴谁医？　斜阳望断镟团巷，剩几家燕子，玳瑁双栖？落尽殷红，等闲错过芳时。谓杨枝事。连宵铃索风前护，便殷勤、难返空枝。一丝丝，魂不禁销，情不禁痴。

吴国俊紫瑛

旧识秦淮路，南都粉黛场。柳丝牵别绪，笛韵咽斜阳。月影兼灯影，衣香杂水香。凭君斑管艳，细意为平章。

蜀锦簇瑶台，群芳次第开。佳人倾国色，名士掞天才。画舫随溪转，纱棂隔岸猜。平安杜书记，拟共买春来。

江 安_{练塘}

曲曲溪流拟若耶，又从南部说繁华。彩云散后春风远，开出红香别样花。

绿酒沉沉醉未醒，灯光月影灿银屏。如何十二瑶台夜，贪看珠宫第一星？<small>谓客岁与君宴袖珠校书事。</small>

是谁结柳索题诗？如此风情恐不支。一晌扬州残梦觉，累人懊恼赚人痴。

崇一颖_{云根}

几度秦淮汗漫游，轻烟淡粉旧名楼。柳边舫又招青雀，花外盟谁证白鸥？璧月夜凉争倚槛，绣帘春晓半垂钩。输君写翠传红手，尽博倾城感未休。

赋罢惊鸿手自叉，闲将醉墨洒桃花。剧怜小字镌苔玉，都解前身诵《法华》。慧业镇教参电石，情天合待补笙娲。春风别有销魂地，门掩枇杷一树斜。<small>谓金倚云校书。</small>

梅生访我寓斋出示秦淮画舫录
率拈四绝句奉柬捧花生　邬鹤舟_{雪舫}

纨扇《桃花》《燕子笺》，倾城名士总如烟。怪他一管生香笔，挽住春风二百年。

夜夜新歌一串珠，家家宫样十眉图。红桥烟月阊门柳，抵得秦淮两岸无？

杨花如雪卷飞埃，彩凤随鸦更可哀。费尔青衫词客泪，怜他红粉美人才。

银灯画舫板桥秋，我亦曾经汗漫游。可惜不逢狂杜牧，停樽闲话十年愁。

宁 墀_{玉舟}

金粉楼台锦绣春，过江事事总成尘。如何小庾伤心处，别有才人赋美人。

冰作肌肤玉作丛，尽抛罗绮笑东风。才知绝代销魂品，不在脂痕粉晕中。谓倚云阁主人。

寻春取次趁春行,未许人间识姓名。却怪旗亭风雪夜,双鬟争唱捧花生。

金慧恩雨艿

画里崔徽景,尊前张好歌。输君南部记,屈指小名多。杨柳春如许,小环。芙蓉艳奈何?小如小字蓉儿。长桥东畔水,曲曲宕情波。

倪良耀莲舫

溪光滟滟碧于油,载酒谁寻旧院秋?较胜板桥寒铁老,别开生面话温柔。

丁字帘前竞水嬉,雪儿歌罢又红儿。可怜北里南朝恨,都付消魂绝妙词。

入手云笺墨渖寒,旧游怅触怅方干。录中多亡友子固题咏。烟花梦醒留鸿爪,几度灯前掩泪看。

飞琼名字隶瑶天,容易都教万口传。料得舞裙歌扇底,有人争识杜樊川。

郑　勉墨泉

十里桃花照水红,板桥牵绊柳丝风。烦君挽住秦淮水,莫遣匆匆便向东。

梦里珠帘欲上钩,模糊烟月不胜愁。中郎幸有藏书枕,短榻残灯许卧游。

马士图菊村

周昉传神笔,应输小杜优。绮怀萦北里,清兴迈南楼。扇底桃花艳,毫端兰叶柔。相思看屋角,袖珠,姓金氏,录中第一人也。重为买扁舟。

忆载秦淮酒,伊人水一方。明明溪上月,点点鬓边霜。翰墨原无价,温柔信有乡。琅函昨开读,三日閟奇香。

陶　璋少石

泥金小帖缀乌丝,花榜香秾此一时。博得蛾眉低首拜,绛纱深护几琼枝。

幻出秦淮好画图,梁尘簌簌溅歌珠。分明一部风流鉴,多少婆心见也无?

<h2 style="text-align:center">翠 楼 吟　　<small>欧阳炘<small>棣之</small></small></h2>

崇川官署奉到《秦淮画舫录》,检读一过,触感百端,聊按新声,敬酬凤好。

旧院云埋,长桥月堕,前番小试吟屐。灵函摊锦轴,又惹起、乱愁如织。似曾相识。问稚燕雏莺,别经几日?谁怜惜,落梅风紧,防他吹笛。　　哀辑,轻点霜毫,有澧兰绿弹,江芜红湿。平安今好在,尽寄语、人人消息。可禁於邑。待打桨归来,邀君寻觅。双丸急,便成阴未,泪丝偷滴。

<h2 style="text-align:center">金 缕 曲　　<small>侯云松<small>青甫</small></small></h2>

万片鸳鸯瓦。覆双双、蜂媒蝶使,莺哥燕姐。苦向情天求比翼,毕竟鸾单鹄寡。赚千古、泪珠盈把。《画舫》一编勤唤醒,向痴虫膜拜宣般若。听古寺,晓钟打。　　寻春懒系章台马。廿余年、鸿宾云散,罢谈风雅。今日重披金粉录,无那红娇绿冶。为坐到、香消灯灺。胜展题名碑记读,判云泥、多少升沉者。尘世事,孰真假?

陈文述<small>云伯</small>

金迷纸醉感抟沙,何处前尘记梦华?红板画桥名士酒,青溪水榭美人家。银筝旧谱翻桃叶,钿笛新声唱李花。翠冷香消莫惆怅,故宫烟树久啼鸦。

牧之容易悟芳尘,更有微之赋《会真》。鹦鹉楼台寻短梦,枇杷门巷饯残春。山温水软无多地,月满花芳有几人?唱到方回断肠句,青衫红袖各沾巾。

十载江南感寂寥,新诗题遍木兰桡。广陵明月兰陵酒,画阁银灯水阁箫。北里莺花仍历历,南朝烟雨又潇潇。鬒丝禅榻心情在,未敢逢人问板桥。

　　《南部新书》最擅场，卢家少妇郁金堂。筝船夜月邀凉影，笛步秋花吊冷香。《眉史》自修惊蝶婕，《心经》谁忏野鸳鸯？匆匆小别秦淮去，有约重来话夕阳。

卷上 纪丽

小姑居处，兰香姓名。人乃唯唯，吾亦云云。众芳之谱，群玉之经。即空是色，电石一明。

金 袖 珠

袖珠，行一，姓金氏，茂苑人。早乃伶仃，依外家以居。娴静不多言。余评为花中水仙，殆非过誉。装束甫毕，即摊卷相对，而修眉惨绿，恒觉楚楚可怜。盖促迫尚无嘉耦也。今年春，自瓦梁来，赁居棘院前倚云阁中。一角红阑，湘帘高轴。渤海公子向余述其梗概甚悉。偶偕楝塘过访，值其赴宴他所，迟之迂久，甫得一晤。翌日，即裁凤纸，作簪花小楷，遣鸦髻来假余《红楼梦》说部去。玉皇前殿掌书仙，殆又姬之谓夫！姬嗜读《红楼梦》，至废寝食，海棠、柳絮诸诗词，皆一一背诵如流。与吴中高玉英校书同抱此癖，玉英尤著意书中"真"、"假"二字。两姬其皆会心人耶，抑皆个中人耶？玉英本秦淮人，流寓上塘道林庵前，亦高艳名，时论以为玉屏风也。

宫 雨 香

宫雨香，名福龄。桃花颊浅，柳叶眉浓。离合神光，不可迫视。性恬雅，见客不甚作寒暄语。居邻玩花园侧，结楼曰听春，莳梅种竹，小室深沉，暖幕低垂，凉棚高架。时与二三心契瀹茗清谈，辄娓娓忘倦也。吾友子固早有盟订，及应廷试北上，殁于京邸。先为姬作折梅小照，自题四律以志兰絮因缘。至是，令兄子山寄归江南，姬披读之余，一恸几绝。或云：姬本城北担水者女。芝草醴泉，岂有根源哉？

朱　玉

朱玉，字赠香，本郡人。秀外慧中，无抹脂障袖恶习。家白塔弄，居虽近市，而入其室者，如在窈窕深谷。蓬云孝廉未第时，姬最钦重，人前辄以才子目之。及蓬云秋风获隽，泥金帖至，姬适晓妆，辍象梳，笑吃吃不休，盖自诩鉴赏之真也。岁庚午，瓯北老人重赴鹿鸣，自毗陵来主其家。姬方有征兰之讯，老人赠楹帖云："怜卿新种宜男草，愧我重看及第花。"一登龙门，声价更增十倍矣。

纪　招　龄

招龄，吴人，姓纪。居与金陵栅相望，帘纹荡月，阑影凌波。姬或竛竮独立，雾鬓风鬟，居然瑶池仙子下玉京游也。心绝慧悟，无论新声旧谱，才一按拍，如银瓶泻水，使人听之忘倦。一夕，余舣舟月下，闻其唱《也哈也哈哈》新调，维时水天交映，夜漏沉沉，回顾此身，如濯魄冰壶中，疑当日李三郎在广寒宫听演《霓裳羽衣曲》，境界当不异是。自姬入紫来堂后，遂成绝响，惜哉！

吴　喜　龄

吴喜龄，字藕香，生与招龄同里，旧有葭莩亲，故亦同院。往来游者，知有纪，不知有吴也。吴后以不合去，即陶三春故宅，别营轩槛，未半年，声称藉甚，几骎骎度骅骝前矣。石船子工传神，余向避暑飞云阁，时石船以所模藕香小影丐题，清妍淡雅，姿制超群，经过赵李者，当不数数觏。某公子与有茂陵之约，事垂成，忽舍之去。适南州司马江上行春，酒次偶值之，遽以扁舟载入五湖。唯钟情人乃能享此艳品，彼赶热郎直糚襯耳。

吴　玉　龄

玉龄,行三,小字叩儿。曾乞字于抑山,抑山字之曰渌波。吴巧龄、喜龄妹也。年十五六,风流秀曼,秋水盈盈。初在郭芳家,屋宇湫隘,往来杂遝,姬甚厌苦之。顷即藕香故宅建阁曰蔻香,一凫、药谵、雾笠诸君游宴极数,曾与再过其地。姬豪于饮,而以拇战自负,药谵、雾笠皆敛手称弟子焉。

陈　喜　子

陈喜子,宝霞之女,号兰舟,行一,年甫二十。住东关头。肌理丰腻,酬应若流。本归莲花六郎,未三载,郎病鸦片,殁,姬复还合浦,非其本意也。涧南公子亟为惓惓,金屋之贮,殆于是乎卜之。

陈　桂　林　王梦仙附

陈桂林,字月上,吴人,住姚家弄前。柔情绰态,媚于语言。三尺香云,黑光可鉴。碧梧主人偶来江介,邂逅倾心,缠头之资,多至无算。后复延之含晖楼,流连匝月。其家故作梗,终阻良约。顷检《怀月上》诸诗词,属为入录,尚惓惓也。与月上同时有王梦仙者,小字金官,色艺亦罕匹。偕其姊彩珠同著声于桃渡间。梦仙归某大僚后,彩珠遂独占花台矣。月上初以女伶往来句曲,年才十三,见许于竹荫主人,卒以名隶部中,骤难得脱。主人于其去也,为作《月娥小照》,题曰"卷中人",盖仿其家敬中故事。咏者甚夥。

王　小　秋

小秋,行一,韵秋王桂养女。居贡院前,屋宇小而洁。不轻见客,谈笑清雅,依然阿母余风,所谓"醴泉有故源,嘉禾有旧根"也。

缪 爱 子

爱子,本郡人,居东关渡头。姓缪,行一。年十六七。姿致稍似袖珠,而淡雅远逊之。其家本银鹿,水阁数椽,过者殆少。岳白两公子偶焉寄兴,载出河干,姬乃顾盼自矜。而一时慕之者,亦几视姬为羊肉,奇哉!

郭 爱 龄

爱龄,郭芳女也。工于词令,与蔻香雅相爱悦,意态且复相似。玉珊令尹素号端严,秦淮放棹时,偶与姬值,独为欣赏,花底送郎,叶边迎汝,行将为令尹歌之。

刘 二 姊

刘寿儿,燕赵间角妓也,行二,因以二姊得名。偕所天来金陵,寓烟柳湖边。年十六,皮媚色称,如汉殿春柳,飘曳随风,而细骨玲琤,直可为掌上之舞。向在伊园席上,观其捧觞侑客,钏击钗飞,当之者莫不魂与。乃盈盈禁脔,卒如海上三山,可望而不可即,岂真奇女子耶?抑藉是而昂其声价耳?双松太守剧为所惑,约构金屋贮之。寿儿似亦心许。既太守入都,注选入籍,往还无多日,寿儿已琵琶别抱,不复待五马来游已。

王 翘 云

王翘云,行二,金陵人。余辑《画舫录》,以其久饮香名,与秋影、春痕、艳雪等相埒,拟不赘入。适紫珊自棠邑寄桃花画幨索题,盖其与翘云初晤时,翘云啮舌血于素绢上,以矢其诚,因属松壶道人,仿李香于侯生故事,添缀枝叶而成者。频伽、小云、兰村、海树、湘眉、竹士诸君,皆为填词。今卷中人已不可作,而湘眉、小云亦与彩云俱化,竹士、频伽、兰村、海树又各散处一方。名士美人,沦落同慨。余既为制小调,并述其概,以为风月佳话,且补纪翘云佚事之缺。

朱　玉　鍼

朱四自巧子、素香先后去,家乃中落。近购雏鬟三四,中有玉鍼者称最佳。牵萝补屋,复振门楣,腻管柔笙,喧阗如故。女儿花好,不重生男矣。

李　玉　香

李玉香,一号莲卿,阊门城下人,来吾郡居榷署前。月地云阶,双鱼深闷,佼丽与素月埒,而好为秾艳妆束,亦与素月同嗜。忆余过姬时,天已迫暮,姬方亭亭坐桦烛下,解九连环嬉戏。时白下人争鬻蝈蝈,余亦偶携之,姬即探怀出以相较。衣香脂腻,蝈蝈幸尝亲芳泽耳。

陆　素　月

陆素月宝霞,陆二假女,原名桂香,于兰舟为小妹。先家贡院前,继移东水关。瑰姿琼质,佚态横生。好作靓妆,颇肖其母。往岁二山邀同人为画舫游,拉姬与偕。日亭午,姬甫至,文襦绣髻,如火如荼,吐属亦极温雅。濒行,出湘妃泥金箑子,索余倚纪事词为赠。妒姬者谓其夙有内疾,余将于所亲证之。

袁　玉　苓

袁玉苓,行四,郡中人。端妍如良家妇。所天早夭,无所依倚,仍来母家。性极诚挚,与丹伯为一人之好。丹伯赋闲白下,姬时遣人慰问之，且为擘画琐细，盖敦尚气谊，而不徒为生活计者。先居祁望街廊上，距李玉香宅可数武，近又移家矣。丹伯云：玉苓曾主陆宝霞家，未久即归去。今年二十有三，其四柱则乙卯、丁亥、丁亥、丁亥云。

方　翠　龄

方五之女曰翠龄，修眉善睐，俨然图绘中人。弦索极精妙。学为小诗，饶有性灵语。所居在东关对岸，兰坪于竞渡时识之，遂往来无间。姬尝赠兰坪句有云："才可论心姊又疑。"纪实语也。其母以石氏翻风无能为门户计，欲姬得金夫而终事之，姬固不怿，后卒为夫己氏所有。千金之璧，乃以抵鹊，闻者能无唱《恼公》乎？

陆　绮　琴

陆绮琴名桐，以字行，泰州人。所居春波楼，在丁官营内。其父本梨园老教习，探亲过白门，遂家焉。绮琴早按宫商，妙娴丝竹，虽丰容盛鬋，微碍妆花，而雅度胜兰，令人浮躁之气胥敛。龙眠山人授以画兰心诀，甫越宿，即能规其大意，亦慧心人也。近闻依一木客，徙居细柳弄中。春波楼已易为客寓，每值打桨过之，辄为惘惘。

陆　朝　霞

朝霞为绮琴女弟，蛾眉曼睩，纤弱如也。尝买画舫，邀蕉宾、邺楼，载游桐湾、桃渡间，朝霞拨四条弦，歌箧弄数阕，蕉宾复倚洞箫和之。东船西舫，莫不停桡悄听，艺也而进乎神矣！归午山司马后，芳讯遂杳。

金　玉　琴　兰珍附

金玉琴，小字太平，袖珠妹也。亦姑苏人，年约十四五。丰致不如袖珠,而娴雅几与相敌。偕客酬对,时有腼腆意。无机诈心,人以此亦不忍欺诳之。余访袖珠不得晤,玉琴出相迓,曲意周旋,温其可掬,令人留连不肯去。兰珍貌亦娟好,年又小于玉琴,与同乡里。凡有酒宴,则依依肘下,丫角嫣然。

文　心

文心,字馨玉,生长绿杨城郭,年约十八九。本良家姿,荡子行不归,逾三年,偕其父母来吾乡,投其戚某,戚又转徙他郡。不得已遂赁水榭,结凤窝焉。体纤细而静婉,工于酬酢,往来者莫之或迕。紫卿太史向有盟约,缘其二老伶仃,尚未画鸳鸯诺也。

蒋　玉　珍

玉珍,蒋九女也,号袭香,同居文心家。丰姿濯濯,向人瓠犀一露,百媚俱生。性尤灵敏,工小调,近有新腔号《三十六心》者,当筵一奏,令人魂魄飞越。湘夫云:"玉珍据全身之胜,尤在裙下双钩。"曾见其珊珊微步,恍坐吴宫响屧廊,听弓弓点屐声也。年甫破瓜,魆为米商偷入桃源,卒至讼作株连,几于不免,殆矣。

王　岫　云

王岫云,字小燕,行二。母家本姓李,邗江人王氏妇也。邺楼颜所居曰"剪波楼",在丁官营口。纤腰微步,罗袜生尘。略无教坊习气,便捷善酬对。座客微论雅俗,口谈手画,莫不各如其意。素性雅淡,不以势位易其志。龊贾某挟重资谋置金屋,姬知为没字碑,故不允。自是人益重其名。与又兰、小兰、瑞兰辈最绸缪。小兰新有所识,姬廉得之,即袖明珠一琲,往为小兰上头,盖所识固美少年而丰于才者,姬为之庆得人焉。姬与碧梧主人有三生之约,主人亦不吝斛珠致之,闻者咸谓名士倾城,适成佳耦。乃以他事,遂付邱言。媒妁适邀夫参氏,姓名难刻于苕华。姬之缘悭,亦即姬之命薄也夫!抑山有《春燕》、《忆燕》诗,扬播一时,足传小燕也。

王　瑞　兰

王瑞兰,行七。肌理莹洁,玉光无瑕。不必斤斤修饰,而眉睫间时流雅韵。吾友再芝有仲容之姣,姬矢志欲事之。再芝守家范,卒不允也。后见伶人张桂华演《玉簪·茶絮》出,极缠绵之致。姬谓张作出且然,倪偕真伉俪,必非如李十郎鲜克有终者。乃买小蜻蜓,亲赴苏台晤张之大妇,关说定,仍返金陵,就桂华于家。其母颇诟谇,姬固始终安之。所居伴竹轩,侧枕城闉,椟纱半掩,潇洒无点尘。时或偕其妹小兰凭阑倦立,望见者疑在湘皋、洛浦间也。　七夕生云:姬先与筠如公子一见倾心,双盟啮臂。姬偶小恙,公子为之称药量水,琐屑躬亲,姬亦盛感之。迨公子随宦他徙,戒途不发,为姬作平原之留,期以三年相守。姬亦画《梨花满地不开门图》以表志。乃公子去未半载,而姬已许归桂华。嗟乎!呆牛痴女,河汉相望,千古钟情人,可胜浩叹!不谓才逢萧史,又拍洪厓,如姬其人者,夫亦太褊急已。是则青楼薄幸之名,在袅袅亭亭且自不少,宁独责之平安杜书记哉?

王　小　兰

瑞兰第八妹曰小兰,琅邪多才,几有腕脱之誉。惜其抱璞自珍,罕有知者。六一生闻而怜之,为制《艳秋词》三十阕,风怀露约,半属寓言耳。姬吐属极风雅。一日,姬妹稚兰朝眠未起,其小弱妹扣门请入,稚兰不即应。姬适过之,曰:"此为'十扣柴扉九不开'也。"稚兰行九,而妹行十,闻者绝倒。

王　稚　兰

王稚兰,年十五,小字爱卿,亦瑞兰妹也。雏莺幺凤,不屑作时世妆。见人辄俯首弄带,娇婉可怜。中山太守、砀山令尹前后委重聘为在东之请,故其《书怀》诗云:"青鸟凭他自往还,红窗幽怨一齐删。侬家自爱江南好,羞说平山与砀山。"意旨分明已。

马　又　兰

马又兰,字闰湘,金陵人,早适王家,瑞兰辈之嫂氏。貌流丽,性亦机警,凡与之谈者,无论庄谐,靡不立屈,岂待设青绫帐方可议解围哉?工写兰花,娟楚有致。尝见纨扇上寥寥数笔,下缀小红文印曰"绣余清课",可想见其高韵。

刘　心　官

心官,一字素香,姓刘氏。态秾意远,卓荦不群,与绮琴、小燕、藕香、润香后先媲美。爱读唐宋人诗余,一两过,辄背诵如流。先寓朱四家,既乃僦居钓鱼巷东。姻蛸突突,倚卓精良,而骨瘦香桃,不胜病扰,药垆茗碗,常旁午于绣闼前。稍不豫,必延笛生对脉,盖服其技之神而致之雅也。后卒以瘵夭,年未及锦瑟之半,哀哉!　小伶福郎,绘五色蝴蝶于扇上,余尝为分题《五彩结同心》五阕。姬偶见之,赞诵不去口。一日,值诸画舫,或以余告之,姬欣然曰:"是即蝴蝶词人耶?"停桡添酒,坚索余长短句为赠。余诺之,未几而俟以恶耗闻。呜呼!《金荃》未谱,钱树先凋,补制新词,谁为小红低唱者?录此为姬悼,且以志余过焉。

李　润　香

九松堂主人姓李,名润香,居月波榭旁,即所称西寿龄也。盖润香本名寿龄,同时有张寿龄者,此故以西别之。曾学琴于又一村人,嗣又工琵琶。娇容修态,流誉一时。余初未之识,邺楼偶视余《和花隐听润香琵琶》诗,即往访之。姬方掩揉蓝衫子,倚红阑干曲背演新声。因悟古诗"被服罗衣裳，当户理清曲"，实有此等境界。本为待年女，近已将雏矣。"绿叶成阴子满枝"，姬其葆此芳华哉！

胡　宝　珠

胡宝珠，字瘦月，吴门人。年十六七，居钓鱼巷。母曰胡七，向为曲中老教师，家多养女，姬最矫矫，眉目如画。方其在母腹时，闻人歌声，即勃勃动，如《板桥杂记》之李十娘。故生而灵慧，管弦丝竹，一过即精。性嗜佳茗，且宏于酒。伺客无贵贱，能探其意于形声之先。七夕生与有知己之感，但过花间，定留树下，三挑辍咏，十索频闻已。

张　寿　龄

张寿龄字媚霞，常熟人，行七，住玉河房间壁。靥辅承权，对客辄牵衣匿笑，宝儿丰致，仿佛近之。湘夫与姬定情时，持冰缣碧玉钏作缠头。姬藏弃甚谨，间出玩弄，洵钟情人哉！吾知湘夫入迷香洞，当于照春屏上赋九迷诗，视啜闭门羹为梦中游者，不可同日语矣！

程　凤　翎

程凤翎，本无字，曰雪芬者，余所命也。吴中临顿里人。来河上时，发鬖鬖才覆双额，人无知者。侨寓板桥头，偶于梁氏河亭望见之，招来侑觞，颇不俗。学奏一二小调，亦靡靡可听，由是声名稍振起，遂亦自知拂拭。后缘事转徙邗江，复由邗江迁白下，再见于汝南湾前，则已飞鬌缀雾，振响遏云。萧家郎坐青油幕中，几不识庾兰成矣。呵呵！

李　小　香

李小香，本姓杨，字宛君，明眸皓齿，旖旎风流。蘷砧乃梨园佳子弟,姬故亦工生旦曲。酒户极狭,三爵后靥晕红潮矣。居邻泮池,每当轩窗四启,游舫鳞集,时灯光水光,上下交映。姬或半卷丁帘,红牙轻拍。过之者,真有人在月中、船行天上之意。

沈 玉 琴

沈玉琴,不知何处人,亦未详其事实。余辑《画舫录》时,七夕生匆匆出别姬诗相属,即放棹鸠江去。味其诗意,似已为陌上之杨花矣。

杨 福 龄

杨福龄,先居文德桥右,后移鍼巷内,余见于借春轩中。春容大雅,动止宜人。工琵琶、洋琴,偶一作技,听者神移。其母若妹皆盲于目,户内食指以百余计,胥仰给于姬。而所得缠头,或一匹绫、一斛珠,姬莫不珍重受之,不以丰菲为轩轾也。雪亭尝招姬宴芥圃,酒翻,偶污其衣。雪亭甚不宁。明日,以新衣往遗,姬固却之,故莲瞿和余赠姬《杨柳枝》词有云:"不惜罗裙翻酒污,要郎情似酒痕深。"一时药谐、兰坪、竹田皆有和作,惜已散佚,无从记忆已。

侯 双 龄

侯姬双龄,吴人,住祁望街廊上。初来余家遂园时,才十三四,曳茜红蝴蝶履,秃襟窄袖,辫发黝然如漆,亭亭袅袅,诚哉"既含睇兮又宜笑"也。后一年,再见于春波楼,倏已顾身玉立。与里中施郎善,施固小经纪,亦倾心于姬。而假母方以姬为钱树子,迨施之囊橐垂罄,假母更无暖眼。一日,施自姬家卯饮回,忽咆哮若中毒状。家人方驰赴姬处询之,乃姬亦玉碎花残,香魂如属缕已。盖姬与郎计,事终难谐,秘谋饮鸩,同就地下为连理枝耳。事闻,莫不重其情而哀其遇,以诗词吊之者如束笋。钱塘袁兰村作《鸩媒曲》一篇,最为悱恻动人。

苏　绿　珠

绿珠,苏小卿之妹,天方人也。荣曜秋菊,采丽春葩。间或按象版,炙鹅笙,紫腔绿韵,才一绕梁,玉尘乃簌簌下落。居八幅塘西。先是,小卿擅名河上,绿珠嗣起,一时几有"二乔"之目。六十翁某,享余华不给,犹拟置姬于别馆,老夫也而女妻之,恐秭未生而花先悴耳!芷桥初与姬识,神志俱移。濒行,解所系绣罗为赠,姬亦恋恋不忍别。成谓姬本谙素女之术,余固疑之。

吴　玉　贞

玉贞,姓吴,瓦梁人。年十八九,以"环肥"得名。与兰坡最善,偕蔻香来郭芳家,旋又相将还藕香旧宅。过从既数,偶话曩游,尚于兰坡惓惓不置,姬真不为翻覆手者耶!

章　爱　龄

章爱龄,年十六,家洞神宫旁,与玉珍同寓文氏水阁。红尖一捻,青睐双莹,顾曲纠觞,靡不中节。母氏因负责赚入勾阑,居恒抑郁,故欲于风尘内为择佳偶。蹉跎迄今,犹待贾也。移芝生思为阿阁之贮,姬亦甚愿,乃未谋鸳社,先虑犊车,连枝比翼之盟,傥卜诸他生焉。

朱　芸　官

朱芸官,本名瑞龙,吴中人,赁居沉香街南。目潋层波,丰美且俨。其父元标为清音小部,姬故度曲独能冠其曹偶。父殁,母再醮于江右,姬随之去,不久仍归来,依舅氏以居。玉舟深为属意,将托春风干当移之庆朔堂前,乃事未成而姬遽夭。差免青蝇之吊,空营彩凤之栖。姬于玉舟,其有情耶,其无情耶? 殆可呵壁问之。

顾 双 凤

袖珠既负时名,又有双凤来为之佐。秋菊春兰,遂乃益增其盛。双凤姓顾,年十七,吴人。细理弱肌,几于吹弹得破。初寓某家,涸明珠于浊水,不特其美不彰,亦且厄抑交至。既主袖珠,袖珠姝畜之,凤亦视之若姊。今年袖珠将有所归,复不果,心恒惘惘。凤为左右而忧俺之,袖珠心乃稍慰,凤殆称如意珠焉。

玉 小 如

小如,小燕女也,年十五以来,娟雅玉立,眉目楚楚。见客殊腼腆。未久,适石桥年少,家有九张机,姬不乏流黄织也。

于 福 珍

于福珍,姑苏人。遖发鬜鬟,羞眉熨贴,信如沈桐威《绿春词》中所咏者。初家武定桥,与孙氏苏啸堂相望。继余泛舟青溪,忽遇于解语花故宅,盖其居遽为河伯所陷,是乃新借一枝也。姬有笑癖,皓齿一露,百媚俱生。迷下蔡,惑阳城,直么么耳。与袖珠、玉珍、爱龄等时相过从,红牵翠曳,张家团云队当即类是。药庵曰:姬厌嚣杂,近又傃屋琵琶巷中。

顾 爱 子

爱子姓顾氏,扬州人。本佐冯乙官家,无何买屋手帕巷,自立门户。年二十余,波俏有佚致。近闻为二掾所占,卜昼卜夜,迭相往来。"人生不相见,动如参与商"之诗,可以移赠二掾。而为爱子者,亦太苦矣!

张　喜　子

张喜子,扬州人。先居钓鱼巷,所谓欢喜团者也,后住水关西去石婆婆巷中。年约二十二三,鬒发如云,丰神骀荡。夙患失红之症,恹恹瘦骨,几于药店飞龙。秣陵曾生,漆工也,姬与绸密如伉俪。各有要约,而势不能遂。今年,生将贩漆汉阳,往与姬别。姬知其不可留也,置酒为饯,并款生宿。夜半梦酣,姬已缢于生侧。比生之觉,姬早化去。生旋亦雉经以相报,为其家人解救,得不死。岂生之待姬者有未至耶,抑姬仍有望于生耶? 噫!

赵　福

赵素琴,名福,居贡院前。妖冶不群,肌肤腻洁。其母本江北齷齪婢,得姬后,遂治台榭,事服饰,恬然称素封焉。姬尝失意于香严童子,童子作一字至十字俳体诗以剔嬲之,一时争相传述。姬乃大窘,泣诉于某赠君,卒无如童子何也。瓜期已迫,花诺犹虚,品藻英流,卒鲜惬意。忽一朝脱籍,从鹅湖生去,闻者愕然。

喻　玉　子

喻玉子,生小金陵,姣丽而眄人。歌喉清润,大曲更工。其母从一乡人去,遗玉子于外家水榭,在金陵闸旁,与倚云阁为对门居。年约十八九,择人而事,尚秘琼蕤也。

徐　宝　琴

徐宝琴,先主文心家,与玉珍、爱龄为偶,旋复依兰舟以居。肌体丰泽,信如初日芙蓉。见客呐呐,如不解语。而三蕉叶下,双颊红飞,颇饶明月投怀之态。

赵 爱 珠

爱珠姓王,妾于桐华,遂从赵氏。字婉霞,行一。姿仅中人,而心志颇高。量宏于饮,觥筹无算,兴益娇纵。从笛生学画兰花,勾撇有佚韵。昨乃移居东关前,独张一军矣。丹伯曰:姬与挹筠公子一见如故,指誓山河。逮公子以疫卒,姬乃侦其停榇之所,亲为祭奠,恸不欲生。于其葬也,又复临其窀穸,筹其挂扫。每晤丹伯,言及往事,莫不涕泗交颐。姬殆不负公子者欤?彼公子兮,目其瞑而!

赵 桐 华

赵桐华,顺官之妹。先居秦淮西头,后移旧院前,即瑶雾阁艳雪故居也。桐华初不甚著名。自髯守挟之游,一时耳食者遽以为遗世独立,而轻之者复等诸自邻以下,大抵抑扬皆失其当。盖衡其气味,远逊于小燕、袖珠,而姿态仅如太真所谓第二流。颛之某某,又当有间。皖桐三方君极好之,盛称于其族仲莲渠前。越日,偕莲渠往定桐华甲乙。莲渠熟视,曰:"唯唯,否否。"三君继强之,则又曰:"如公等言,固自佳。"余闻之,曰:"是可以知桐华已!"

赵 艾 龄

艾龄,姓赵,吴人,家临桃叶渡头。庄妍静雅,近今罕俪。尝私慕苇舟太史,欲仿清娱随龙门故事,自媒于太史,太史未之许也。陈阿莲为汝南公子之紫云,公子屡挟之过姬,彼此心许。或为戏作小传,有"郎为六月之莲,妾是三年之艾"云云。后不知所往。

赵 凤 音

赵凤音素琴,赵福女也。素琴归鹅湖后,乃寓贡院前祁四家。年十四五,面如满月,欢笑迎人。工词曲,嗜觥船。琼筵乍开,紫云试奏,迷楼景象,尚在人间耳。

冯　宝　琴

冯乙官谢客后,颇丰于资。弃武定桥故居,购油坊巷新舍。养女宝琴又复继起,冯殆此中之翘楚哉!宝琴,姑苏人。年甫及笄,丰致略如凤音。对酒当歌,均可与凤音相匹。玉版金尊之地,花明柳暗之天,置姬其间,当莫有夺螫于姬者。

陈　阿　福　王双凤附

陈阿福,年二十余。本姓王,其夫固盲人也。阿福先以冯乙官为主人,后又同冯前后院住。荡逸飞扬,目微近视,性好憨跳,见人辄戏弄不休。顷又以多金购簉室,姓王名双凤,瘦削娟洁,年才十六,其将为异日之扑满乎?

武　佩　兰

武佩兰,居宫家水榭。年十七。肩削腰纤,玲珑宛转,善笑而憨。时或含愁抱病,更觉娇惰可怜。某郎与袖珠背盟后,去而之佩兰,情好视袖珠加剧。前车已覆,吾愿姬以袖珠为鉴也。昨晤丹伯,知佩兰又僦屋东关矣。

张　宝　龄

张宝龄,字蘅香,金陵人。姿媚天成,可于丽人行中得之。沉默寡言语,往往偕客对坐,寒暄外,脉不发声,客亦不病其冷也。居十八街,风亭月榭,掩映河干。先是,欲归梦蘅,缘其假母百计居奇,遂至中止。后复迫从临汝郎,适梦蘅重来白下,姬已斑骓凤驾,桃叶宜家矣。乃临汝郎未久即先朝露。姬为缞绖，经理其丧，且剪发毁容，以明不二，洵烈女子焉。

高 桂 子

高桂子，家青溪侧。风情绰约，发不加泽，肌不留手，当行人也。入平康非所愿，而咄嗟又鲜当意者。吾友竹荪未第时，两心称契好，花天酒地，要誓良殷，各有终焉之志。及竹荪掇巍科后，拟践其约，而慈闱不欲，且又亟于所往。姬之待竹荪仍如故，尝私谓竹荪曰："情好果坚，虽金石何渝焉？"近闻姬已赁屋僻巷中，门户重重，难窥春色，竹荪其何以报姬哉？

杨 又 环

杨翠儿，易名又环，行三。貌幽娴，性慷爽，为酒中大户。居水关之东，雉堞排空。槛外画舫如织，姬独好静，枇杷花下，螺钿双衔，过之者几忘此中有人。余造访时，值其插菊数十种，青瓷黄斗，堆满几案。姬徙倚其间，一麈、一茗鼎，敛襟相对，淡若忘言，可以观所尚已。竹村相与过从甚笃，三数年如一日。余尝戏以夜情叩之，竹村则詹天游，实未曾真个销魂也，亦奇。

杨　　龙 秋桂附

杨龙，字宛若，又号宝霞，吾郡之上新河人。身小而腴，甫垂髫，即名噪一时。与润香同以音律见称，又各领小清音一部。润香为九松堂，姬为四松堂，持在《秦淮杂诗》所谓"别有雌雄谁辨得，四松堂与九松堂"，盖指此也。姬曲较润香多至数百，阔口细口，无不推敲入微。偶一按拍，虽老善才亦低首畏服。年十八，居文星阁东头。　秋桂，不传其姓，棠邑人。佣于宝霞，年亦相若，而妖俏特甚，几几于婢学夫人。竹曜素不作北里游，偶值秋桂，独誉不去口，殆尤物耶?

吴　翠　珩

吴翠珩,上元人。初来艳雪家,蝤首蛾眉,聪明秀婉。知书识字,且工觞政。每于广座构思之际,徐出一语,恰中窾要。无事则手把一编,为诸姬评话,以故盒子会中,咸乐就之。后忽以讼去。才遇彩鸾,遽成黄鹤,惋惜弥襟也。

赵　秀

赵秀,行一,画眉郎出姜也。年貌与婉霞伯仲,本同住,未久,乃分居水关之东。素撄义疾,伶俜柔弱,辄唤奈何。嗟乎! 抱枇杷于中道,采蘼芜于何时? 固荡子之情乖,亦佳人之命薄已。

奚　天　香

奚天香,吴产,行四。姿不中人,而曲颇佳妙。每持铁绰板,倚醉唱"大江东去",隔帘听之,初不知为女郎也。邗江桂生最狎之,姬亦欣其悦己,矜情饰貌,以固其宠。欢未几,而生以事去,姬犹再四寄声焉。

单　芳　兰

芳兰,行二,邑之北仓桥人。嫁于单氏,所居与朱氏河亭相毗连。柔情绰态,举止端妍。虽入平康,而卑屑之为,甚非所欲,故尝闭门却扫,寂若无人。除二三知己往来外,余皆婉谢之。冶园吏部、雨香参军亟为推许,后相晤于双桐华馆,在座为蔻香、绣琴诸女士。玉树琼枝,洵足压倒一切。

王　小　荇 琴儿附

王小荇，字倚红，瑶氛阁艳雪女也。适伶人郭兰。年十七，美丽不逊其母，而冷隽处或又过之。莲瓣纤纤，花鬟袅袅，琼筵绮席，顾盼生春。余过姬时，值其晨妆未竟，悄拥圆冰，手挽青丝三五绺，犹委地尺余，双腕莹腻如雪。客至，乃提鞋偎母，瀹茗呼奴。秀可疗饥，娇真消渴。盖艳雪早与韵秋、春痕、秋影诸人角胜花场，小荇渐染既深，动止自无俗态耳。药谙曰："先有琴儿，寓小荇家，貌亦端好，眉目瑟瑟向人。"惜未及见。

张　畹　香

张畹香，行七，居钓鱼弄中。细骨轻躯，珊珊特甚。七夕生语余：姬工刺绣，擅针神之誉。学诗于某，颇自刻苦，断句有"风里杨花换旧身"，盖自伤也。

史五福　四寿

五福、四寿，吴下人，皆史氏之养女。先在棠邑，碧梧主人偶眷之，光价遂长。及来白门，侨居棘闱西头，亦能取重一时。娇小憨嬉，工于串剧。延陵生与某伧不睦，一日，招两姬游画舫，伧见而愤愤，遂速之讼，波及姬，姬旋避地去。

桂　枝

桂枝，吴趋里人。小伶朱兰云童养媳也。卜居板桥前双柳草堂。逦发垂云，明眸剪水。时或瓠犀微露，吹气胜兰。随园鼠姑花开时，游人蜂涌，姬偕其眷属至园中，穿花拂柳，倩影珊珊。山重水复之间，嫣红一点，真觉"动人春色不须多"已。余与绂笙、邺楼坐，因树为屋，望见之，姬即来。起居胜常，羞晕双圆，几于不忍平视。兰云名双寿，亦娇憨如小女子。此时阙待鸳鸯社,互敛琼蕤;他日双栖玳瑁梁,交怜玉树。迷离扑朔,谁其猝能辨之?

高　莾　林

高莾林,字韵香,桂子之嫂也。眉目双弯,梨涡浅注,极婉媚可怜之致。初为高氏大妇,颇饮香名。余尝偕绮江、小莲、石生醉后过之,一二语后,莾林独向余昵昵叙家常不辍。余剧赏其真。时玉堂令尹编《秦淮花略》,侦美于余,余方首举莾林,属为佳传。乃未几而不安于室,失身非偶。噫嘻! 既作沾泥之絮,复为落溷之花。如莾林者,亦可悲也夫!

张　绣　琴

张芳林,名绣琴,行二,居水关东。瞳沉秋水,面逗春风,娟娟动人。性复温顺,虽激之,不稍迕也。南北曲皆臻上乘。先与四松堂杨宝霞同住,往返吴江浙水间,葳蕤自守,不易见客。岁之庚午,梅农自武林来,值姬于白云水榭。两情缱绻,匝月勾留,绘有伴梅小影。七夕生与姬省识,为题《清平乐》一阕于上。嗣梅农北去后,阿母迫抱枇杷,遂作寻香生计。甲戌之冬,七夕生于役邗沟,复于一枝草堂与姬邂近。虽鬖鬖鬒鬒,鞔笑依然,而眉睫之间,似含幽怨,扯生刺刺诉前事不休。姬盖笃于情而深于旧者。

张　杏　林

张杏林,通州人,小字杏儿,绣琴之阿姨也。年二十颇有余,色丰而姣,如《闲情赋》所云“独旷世而秀群”者。生小抱洁癖,起居均极精雅。卧阃傍小轩,轩外仅三弓地,荔墙苔甃,莳秋海棠数十百本。花时娟娟弄影,弱不胜娇。姬凝妆对之,若有所悟。近尤酷爱杜鹃花。选名瓷,庋高架,五色俱备,烂若霞锦。为文酒之会者借酌其间,真如“云想衣裳花想容”已!

于　三

于三，逸其名字，以行行。如皋人，或云即吾郡人。居钞库街南。年已几及季隗，而隽不伤雅，姿度嫣然。秋崖尝与之游，余卒未之识。及秋崖病肺痈于寓所，辗转床第，予往慰问，僮仆皆散去，姬独肩舆往伴。自辰迄亥，一切污亵之役，靡不躬亲尽瘁。秋崖终不起。殡之日，姬恸哭失声，尽典钗珥，资其丧事，且为安樻于水西庵中，俟其眷属来迎，交界而后去。噫！今之居青楼者，所斤斤为阿堵物，稍或不给，遽加白眼，欲求貌为真挚已不可得，而况生死不渝者哉？姬之笃行，岂第可风若辈中人，即须眉而丈夫者，忝然讲友谊，矜气节，一旦临大事，依违不决，若将浼焉，不知凡几矣。余故录之，为舞柘枝、簪杏花者立一前马，并以语游宴花丛中人，必当择人而与，毋徒以色艺定优绌耳。

宫　露　香

露香、雨香，同居听春楼中。玉树交枝，琼花并蒂，钿车宝马，如水如云。锦迟太守之兄某，一见露香，即为倾注，未匝月，即有帷幕之征。出莲花于青泥，某亦豪矣哉！露香小字阿金，本姓禹，宫盖从其假母也。露香之归某，石桥之蹇修也。乃聘钱已下，而黄姑不来，遂致渺渺银湾，天孙饮恨。咄兹灵鹊，何惜振翼而一渡哉！人实诳汝，尚其慎之！

周　翠　龄

周翠龄，行三，茂苑人，居钞库街。与方翠龄同时，色艺更出方上。每于被酒后放诞风流，能令当者心醉。东邻空谷生为其破产，以博一欢。姬谓："花场留恋，弹指皆非。虚牝黄金，掷之何益？君其早自为计乎！"百计劝慰之，而生卒不悟。姬以抑郁夭，年二十一。

许　畹　香

许畹香,行一,元和人,住贡院旁。余初见七夕生赠姬诗,谓是庞士元称引人才,或过其分。继晤姬于画舫,貌既明秀,性且温婉可挹,乃知生非阿私所好也。通文墨,且喜谈说古事,凡吾乡之市肆街坊,莫不原本清悉。茶余酒次,或举以难客,腹俭者辄瞠目不能对。惜其居停庸恶,未能即遂莺迁,畴其为姬筹之?

杨　　枝

杨枝,行一,招龄义姊,即依招龄以居。年才及笄,而丰韵天成,横波一剪。偶尔传觞奏技,亦不减阿姊风流也。桥西太史未脱白时,深为激赏。辛酉天中,邀余辈买画舫,挟姬为水嬉。太史酒酣,亲解绣巾,系姬腰际,切切作湖州后约,姬亦展转向之。乃未三载,太史果从蓬阆游归,而姬已凤泊鸾漂,不知所往。吁!是岂寻春之独迟哉!抑狂风作剧,无从觅殷红色耳!小秋、玉舟、竹岑、邺楼皆谱《杨枝词》纪事,他日当甄而录之。

王　宝　珠

王宝珠,住姚家弄旁。余初不之识,子白招游画舫,适一凫携宝珠亦来河上,遂得相晤。年约十五六,听其语音,似是同乡人。貌颇妖冶,而探喉发响,绝不类其人,座客咸惜之。药谐独为注意,即席因有"获此怀中宝,真同掌上珠"之咏。

陆　苕　玉

苕玉,为陆氏养女,亦不详其何处人,居鹫峰寺前曲弄中。姿态妖媚,脉脉盈盈。余曾偕子山、一凫往访之,姬方酒后,坐帘角下,恹恹敛息，如不胜慵惰者。嗣知余与七夕生善，即移席询其踪迹不已。七夕生时返吴中，姬并属余作书致之。生其何以得此哉？

万　袖　春

万袖春，上元人，行八。住饮虹桥西，门临大槐树。丰肌卓雪，笑靥盈盈。兰坪昵之久，某牙郎以多金唆其兄，购为小星。姬殊不欲。后兰坪观剧岳庙，姬来进香。油壁乍逢，依依眉语，意其犹有觊望耶？惜昆仑奴无繇觅得，郭家红绡儿猝难致之。

唐　秋　水

唐秋水，本汤家妇，随其姑适唐某，遂易今姓。三山二水间人，曼色姗娥，蛴蜥微左，顾无损妍媚也。与万袖春为芳邻。琼楼春晚，意绪无聊，余入仓山后，不复数见。昨栋塘来，知其已从霍家奴为举碗人。老大嫁作商人妇，姬更逊浔阳一筹哉！

杨　多　子

多子，行一，姓杨，年十三，秋水家卖珠儿也。芳龄豆蔻，羞靥芙蓉。六寸肤圆，春光致致。不谙丝竹之技，而拔来报往，蹀躞甚劳，见者皆珍慰之。塘栖枕溪生评泊花丛，于多子有尘外之赏。吾知红娇绿怊间，终为浣泥中辱耳。

李　兰　音

李姬兰音，行二，扬州人。眉靥清婉，慵于颦笑，而工于周旋。本为秋水少室，秋水适人去，家中落，米盐鳞杂，悉委之姬。妆晨薰夕，屏当秩如。吾友白斋于存问时深为眷惜，姬亦因是倾心，需以时日，定合鸳畴也。

赵 小 如

赵小如,桐华女也。年十五六。珊珊来迟,颇饶林下风致。或方之秋海棠花,信然。

赵 五 福

五福,亦桐华之女,与小如为拥背之好。永巷春风,斑雅鲜驻。倘遭赏心如季伦者,轻躯弱骨,何患无百琲珍珠哉!

厉昭林　玉林

昭林,年十七,厉二养女,由城南钓鱼台僦居贡院前。初,余知其母,不知有姬也。惺斋自皖江来,亟向余赞扬之。貌纤小而癯,时露稚气,碧玉之亚也。妹玉林,不钗而弁,丰致嫣然。

赵 三 福

赵三福,锡山人,妹于三庆,居棘院前。眉目娟秀,飘飘欲仙。擅琵琶,南北曲皆妙。然韬光匿采,不轻启唇。紫珊、兰村、频伽、叔美、湘眉数与之游。姬亦以诸君文采风流,乐与宴集。兰村复为易名疏香,各有投赠之什。叔美亦常画梅花箑子遗之,姬宝贵逾于璆璧。别一年未见,闻已还乡,度为女道士。悬崖撒手,彼岸回头,姬或有夙因者欤?

曹 凤

曹素琴,小字凤,住牡蛎园西。复室层轩,翛然意远。品新声则朝朝琼树,衡逸态乃步步金莲。槃馔膻荤,衣裾纨縠。五陵年少乐与姬为红裙之醉者,屡交户外。移芝生十年载酒,名满江湖,姬独申心留目,至再至三。他日图画崔徽,为郎憔悴,裴敬中何以慰卷中人哉?凤本小字,余拟取杨子语为之字曰"师师",亦不让汴城女郎占美于前也。笛生云凤亦能画,余惜未之见。

董　　秀

董秀,董二宛卿女,行六。年十六七,极潇洒之致。身材不甚长,而自然合度,人或以香扇坠目之,姬亦幸以李香自负也。先居钓鱼巷,近与贡院前张凤龄同住。不善饮而工于侑客,曲调更精。

张　宝　玲

张宝玲,字素兰,又号蓉裳。居东水关头,依素月、宝霞为东道主。本泰州潘氏女,父母相继去,其兄无恒业,挟之游江湖,遂堕女间。先是,秦淮有两张宝龄,姬来,乃鼎足而三。生性静婉,蛾眉淡扫,丰韵不凡。粗识字义,而绣榻之旁,玉轴牙签,恒不去手。青莲花人于花朝日招同人集小仓山房,素月、袖珠、蔻香及姬均在座。姬与绂笙邂逅相遇,私以绣罗为赠,寄意良深,惜乎紫玉常存,黄衫未遇。歌板酒旗之地,绂笙何时作构花人耶?

王　兰　官

王兰官,向住四松堂,色艺伺宛若、秋桂间。郁郁不得志,去与董秀居。蠡窗掩映,恰可对远山修眉史也。

杨　玉　香

玉香,杨姓,女于又环,故一字小环。年十五六,娟娟楚楚,摆脱尘氛。见人辄依其母,不滥作酬答,而偶一发声,无不合度。余初以之附又环下，梅隐谓其秀雅处方轨倚云，水关以东，殆无其匹，当为特立一传，俾李家娘登雪岭也。余曰："唯。"急录以彰之。

杨　宝　琴

杨宝琴，年十四，娇小文弱。寓又环家，与小环为义妹，艺亦颉颃。夏日停船造之，清谈一炊黍顷，莺吭燕舌，呖呖神怡。笛生云姬本姓王，杨盖从又环姓也。

陈　小　凤

陈小凤，年十四，余为字曰文香。居板桥头，吴下临顿里人。貌清癯，楚腰才可一捻。云伯孝廉尝主其家，极嬖之。余辈偶作画舫游，必载与俱。忆客夏招同湘亭、云伯、邺楼、珊青诸君逭暑河上，小凤亦在座。云伯大醉，时已纭如三鼓，天且微雨。云伯喃喃，强欲送小凤去，而山公方倒着接䍦，势不能行。踟蹰间，珊青遽掖衣以背负小凤至其家。吁！偻指狂游，三周鹍蟀。云伯近赴山左，珊青亦客雒皋，余与湘亭、邺楼尚恋恋鸡肋。小凤，昔之垂髫者，今乃及笄矣。年光如女树，可胜叹哉！小凤工串生旦剧，向在缘园，见其演《跌包》，甚佳。

张　宝　苓　<small>张兰英附</small>

张宝苓，字韵仙，本邑人，或云邗江人。住贡院前吴蔻香故宅。年十九，面圆而腴，星眸四射。余初与姬晤，叩其姓字年齿，殷殷作答，甚觉笃实可亲，宜其偕素兰、蕙香并腾芳誉也。兰英一名兰官，与韵仙同姓，亦同居。弦索姿貌，不出韵仙右，先曾主曹凤家。

解　素　馨

解素馨，先晤于钓鱼巷内。昨过蔻香阁，偶于凭阑时见之，始知

其新卜莺乔也。年十三四。曼睩沉沉,修眉蹙蹙,歌喉酒户,均极不
群。稠人广座间一吐词,无不怜其乖角。母氏解语花,几三旬,甫以
艳名噪于时。今素馨未及二八,已能流誉众口。雏凤清于老凤,既为
姬羡,复为其母慰也。

陆　元　宝

元宝,字润香,亦陆二宝霞之女,年十六。宝霞凡三女:兰舟以姿
态胜,素月以流丽胜,元宝则又在季孟之间。不常见客,见亦不数数启
齿。或有以谐语入者,蜷蛴低俯,红入鬒云,婀娜娇羞,令人不可亵玩。
邗上某出数百金,拟购之出,宝霞未之许。盖宝霞以就木之年拥此三
艳,方将居为奇货,以餍其无尽之欲。一旦遽舍之,七十鸟何以为生哉?

唐　桂　音

桂音,行一,小字生官,为秋水养女。柔姿皓质,气宇清醇。善饮
酒而不醉,虽百榼不辞。与添石生为龆龀交,互相慕悦,誓必相从。
生固钟情者,而第家子决无于平康下玉镜台事,遂滞良媒。姬由是无
俚,且失意于家人,镌谯四至。某掾,吴中薄俗儿也,秋水利其资,竟
以姬归之。姬即甚不欲,而幸是得脱孽海,亦竟拂衣去。异日生过掾
门外,姬适窥见,密遣雏鬟招之入,握手诉别后事,彼此哽噎,不能出
声。生归后,为之俏倡者累月,而感姬之情,亦遂裹足花场已。

王　倚　霞

王倚霞,小字阿三。牛市诸艳,向推汤氏靥花,自后代兴有人,而
班行秀出者,无过倚霞。倚霞为靥花内侄女,饮量豪放,娴于觥政。
每值嘉夜,既挟兰芷荐芳,送客留凭,几不知何者为白云乡也。添石
生云:倚霞虽在烟花,而秀朗有方家局度。其被摩登伽摄入媱席者
屡已,终以不负桂音,故不及乱,可为腻友观耳。

马　兰　姿

马兰姿，与桂音、倚霞为左右邻。筑田谓其貌丰容而庄姝。倾心于某公子，拟归之，其家不之允。姬乃借他事鸣之官，遂脱身去，竟归某公子。钗荆裙布，处之晏如，亦众中之皎皎者。

马喜姿　贵姿

马喜姿，字次湘，姣丽而善病。自其姊兰姿适人后，姬遂出而延客。翠袖丁年，红窗子夜，殆又踵兰姿而鹊起矣。妹贵姿，貌亦端好。尝来仓山，寿芝亟赏之。

汤　心　官

汤心官，字小霞，行一，年二十有一，倚霞之嫂，与倚霞同处一室。性慷爽而善谈，甚或终日不倦。织梧剧善之，尝曰："小霞亦娟态者流耳。而能财轻若箨，情笃于山。向以重资收某介特，所天复耽博进，故其家本裕如，卒乃至于不给。簪珥被服，悉归长生库中。方之伊昔，殆有有娘之亚矣。"

张　素　云吴素珍、周双全附

素云，字藕香，姓张。年二十一二，吴中人。婳姻幽静，屏谢铅膏。或拈豆而按歌，或写兰而呒墨，均当放出一头。初未谂余，闻余辑《画舫录》，逢人咨访，展转寄声，殆如陶贞白所云"仙人九障，名居一焉"已。住金陵栅前双素堂，蘅香之故居。吴素珍、周双全，年皆十三四，依素云为家。清睐长眉，娥娥鲜俪，后起之秀，璧合珠联。　素云、素月、又兰、婉霞所画兰花，皆骎骎有法，且又各得名人指授，故其技日益精进。同时耽尚风雅如袖珠、芳兰、蔻香、莲卿、小燕，皆尝次第招同竹恬、菊生、笠渔、子隽、抑山、再芝、珊青为诗画近局,流连竟日,传播一时。亦见时际升平,士大夫得以优游艺事,与曲中诸姬作文字之饮,而诸姬亦藉是涵濡气质,相得益彰。远之可方楚润、国容,近亦不在湘兰、寇、卞之下。倾城名士,共著芳声,固北里之艳谈,亦南都之盛轨也。

何　杏　林

何杏林,字文卿,近又号琼仙。行一,年十八九。丹徒之五条街人。织梧语余曰:琼仙握椒含若,嫣服倪装,口倦金缄,姿莹玉琢。性豪于饮,一举十觥。薄醉清谈,温其可掬。曲既富而且工,非情好者不轻按拍。先是与棘闱前吴四同居,今移双素堂。偶撄肺疾,娇不胜慵,小溢红霞,几成绀袖。空桑恋恋,殊难为怀已。

江　顺　官

江顺官,号润芝,年二十一。丹徒人,琼仙之姨姊。韶秀备于仪容,风流形诸言笑。偕琼仙同来双素堂。琼仙示疾,姬辄时时慰恤。

杨　桂　姿　玉姿附

杨桂姿,又名怡龄,年甫十七,双素堂之彩伴也,城中人。随意梳妆,自余逸致。藁砧托命于姬,乃复时加挞楚。邯郸才人,业归斯养,香怜玉惜,更又奚望耶? 玉姿,忘其姓。体丰而貌妍,酒量可三十杯不醉。与桂姿先后入双素堂,亦本郡人。

沈金珠　寿苓

金珠,行二,字佩香,姓沈氏。吴中人。年十八,清丽不凡,吐词名隽。知余将采入《画舫录》,欣欣然意颇自负。初,余闻其名,误以为珍珠。叩之玉生,乃知姬即巧龄之妹,盖金珠也。巧龄已适人去,姬尚待贾。玉生偶及余名,姬并拳拳有旧雨之谊,且属玉生作札,再三邀余。不知青楼薄幸,余亦何心;红豆多情,卿宁好事。醉别钟陵之日,亦已几及五春,罗隐、云英,何堪重见耳! 其妹寿苓,同住利涉桥口双桂堂。寿苓小于佩香二岁,东东、盼盼,竞爽一时。

慎　喜　龄

慎喜龄,号又芹,行一,不知何处人。写朱学月,妆点入时,居棘院东头。

张　福　玲 王双玲附

张福玲,年可二十,号月舫,城中之花牌楼人。美秀而文,身齐锦瑟,微嫌土重,风格自佳也。家钓鱼巷中。王双玲与姬同住,姿亦妍丽。

刘　福　珍

刘福珍,行一,号澹香。年十九,城中人。与杨凤姿同住棘院前。袅娜娉婷,虽粗服乱头之时,亦足邀人特赏。向为听涛轩人所眷。织梧为余言。

喻　喜　子

喻喜子,偶遇于贡院前王葬家。年甫及笄,娇羞宛转。叩其家世,盖与玉子为同堂女兄弟也。

董　玉　玲 张葆玲附

董玉玲,字于赵氏小如,五福其小姑也,姿品亦与二人相伯仲。

兰丹迁居丁官营后，玉玲乃入此室处。雨香、仲坚、梅隐偶邀余往晤之，姬出而对客，颇觉落落大方。张葆玲，雄皋人。新来未久，亦饶憨态。

刘 玉 姿

玉姿，似是郡中人，姓刘氏。本居长乐渡旁。一日，值于东关水榭。明珰翠羽，顾盼若流，急管繁弦，错杂如诉。盖近为一髡奴所狎，往还甚数，已为僦屋移家矣。丹伯曰："玉姿先偕瞽师某善。凡所与昵，大抵类此。"姬其锁骨化身耶？ 否则见金夫不有躬，姬亦太无俚耳。

徐 桂 龄

徐桂龄，字凤珍，行四，后又号月仙。扬之宝应人，寓板桥侧。余初见子鸳赠姬作，因悉其美而且才，因循未得晤。嗣将同子鸳往访之，乃姬已先一月为山下土。叹悔靡及，惟两手自搏，呼"负负"而已。古春居士，姬旧好也。今年自练江买棹来白下，偶语及姬，尚为怅惘，并出姬所寄诗笺，有"惟愿泥金消息好，桂花分与妾身香"，又"妾身信是章台柳，不待春来不敢狂"等句。细吟一过，如在月明人静时听琐窗絮语也。於戏！ 有才如此，而独不永其年，桓子野能无唤"奈何"乎！ 子鸳曰："姬嗜吟咏，而不欲以能诗名，稿成辄焚去。且非凤契者，亦不与谈，故知者绝少。尝见《病中》断句云：'柳如多病无心绿，花到将残着意红。'读其诗，可想见其人已。"

吴 素 珍

吴素珍，一曰小素，行一，母为吴四。旧偕寓高步家，名日益著，遂卜筑于钞库街。距文德桥才数武，对岸乃文星阁也。三年前，予晤姬于晴峰席上，姬年方十二，当即以雏凤目之。日昨印愁子邀过其居，轩槛三楹，筝琶四壁。坐甫定，姬出而相见，益觉气清骨兰，抒词温婉，春光盎盎，逗漏眉睫间。窃自诩眼福之非差，且不禁心春之靡定矣。

王　兰　姿 朝霞附

王兰姿，无字，余戏呼之曰者香。行一。佚丽仿佛姿香，爽朗则居然月仙也。居在棘院东首第三家，楼影卧波，帘纹泻月，本为郭芳故宅。姬自入此室处，不惜多金润之矣。妹朝霞，年十六，翩翩雅度，昆曲绝佳，工演生旦剧，盖尹子春之流。

王　月　痕

月痕，姓王，或曰姓郑。郡中人。曩在冯三多家，名玉琴，移居东钓鱼巷。后与慈湖渔隐互相倾慕，乃为易今名。年未满二十。鬒发不髢，歌吭珠圆。对客寡言笑，而游睐曼容，别具佚韵。渔隐常请八九山人绘《满身花景图》为赠，并媵以截句云："衫红镜绿画江南，镜里花枝带雨酣。人影更宜花影伴，一痕凉月月初三。"盖隐寓其名也。

宫　雪　香

宫雪香，名桂龄，雨香、露香之妹也。两姊各有所适后，姬遂出寓文馨玉家。貌娟秀而性柔和，体弱如不胜衣，好倚人而坐。大小曲咸入妙品。初遇余，即似曾相识。及入宴，客有以酒釂余者，姬辄左右之而虑予困。予醉后，书美成《玉团儿》词似之，纪其实也。盈盈三五，韫玉怀珠。他时便遘东风，顾曲郎终必致小乔于铜雀耳。

王　袭　香

王袭香，行一，雉皋人。寓范喜子家时即识之，继又与雪香为偶。

婍婳幽静,丰韵不减徐娘也。觉华谓姬小字屏儿,当官崇川时,即与之稔。年甫十二三,游凡四五载,故能悉其觇缕。觉华偶述姬儿时事,辄羞避不欲闻,尤嗔人呼其小字,甚至粉面发頳,故山甫赠诗云:"瑶台清闷天风细,未许人间识小名。"以此。

罗　巧　龄

罗巧龄,行一,家石婆婆巷口。初偕阿姥开客寓于东水关,今乃闭门花下矣。年廿一,珊珊仙骨,宛约而多姿。量宏于饮,每值螺盏递斟,蜡珠渐妲,客方幸依红熨绿,春选花城,而姬已浮白倾黄,酣游曲部。"玉山自倒非人推",姬其得此中趣者耶?

吴　玉　徽

玉徽,行四,吴家妇。迫于债,遂堕曲中,见人犹腼腆也。居金陵闸,昨复移之利涉桥东,与兰云仙馆相接。年约二旬外,肌腻肤腴,兼通文义,论者谓其品在又兰、小燕之间。碧城仙吏勾当白门,暂傤其家,亟邀推许,为题"停云水榭"檐额。自是渡头打桨者,无不遥指红楼,争相问讯矣。

卷下 征题

　　醴陵倡妇，浔阳商女，缘情之言，写心而语。连犿奚伤，悱恻是与，香草美人，唯典可数。

倚云阁留赠金袖珠校书　　　渔尊

　　曲廊迴合掩棍纱，小驻斑骓带月挝。二月春风凝豆蔻，十分幽思托枇杷。梦醒天上红楼远，姬熟《红楼梦》说部。约定桥边玉杵赊。真个陆家姑聘取，黄金三万镒非奢。

倚云阁宴集因赠玉琴　　　前人

　　恰好放船时，桥头落日欹。春光随柳驻，心事有花知。慧不输琼姊，谓袖珠。名原称玉儿。湖州坚后约，肯便怅来迟。

立秋日同梅亭芝田两丈泪小秋 邺楼绂笙香雨放舟秦淮分得二律 明日视袖珠　　　秋舲

　　未践樊川约，重来看水嬉。一灯偎草露，双桨拨杨丝。高会丁年盛，清游午夜宜。风流余二老，霜鬓莫轻吹。
　　指点桥西路，层波望不分。秋沉三五月，春隔两重云。软语兼花堕，秾香杂酒闻。又因寒铁老，莺燕缀新文。

过倚云阁留赠主人姊妹　　　冶原

　　生成仙骨韵珊珊，十二金屏掩映间。妆就早知眉样好，赤阑桥外隐春山。

采罢双珠价定赊，谁分小字刻苔华。青溪两岸纷红紫，春在璇宫姊妹花。

八月十七日同篑圃典衡夜泛秦淮留饮袖珠女士家偶赋题壁　　子　年

舟放沙棠月放眉，竹枝歌领玉箫吹。六朝一部莺花海，小妹三生粉黛词。水意于人常觉软，风情是处总成痴。可怜忍俊难禁事，悔不来游及少时。

十二银灯照水香，画楼南北影成行。酒无监督花边醉，秋有商量月后凉。紫府沉沉谁斫桂，麻姑夜夜此栽桑。眼前便是华胥境，一雁云头忽叫霜。

集袖珠录事阁中偶成　　一　芙

十载青溪客，春衫载酒游。艳情征画舫，捧花生方辑《秦淮画舫录》。香梦隐红楼。会拟金钱续，缘惭玉杵求。丝丝杨柳外，纤月又如钩。

虞　美　人　　捧花生

月下听袖珠弹琵琶。

逻桫拨动纷如雨，十五盈盈女。三分明月二分秋，只少浔阳江上一扁舟。　　新声不敌新愁重，红豆新来种。狗儿吹笛胆娘歌，借用元微之句。安顿十年前事在心窝。

一　萼　红　　山　尊

研湖招同伯渊、月潭集倚云阁，因赠主人袖珠，并调研湖，明日将游瓦梁也。

似烟轻。笼一株琼树,不损月华清。菊自无言,花原解语,众中出意天成。谁省识、红楼梦破,遍情天、情海怅多情。<small>主人爱读《红楼梦》说部。</small>唤起晨鸡,教陪语燕,莫打啼莺。　　妒煞诗人无己,借闭门索句,掌上孤擎。玉笛词吹,绣鞋板拍,零星细数歌尘。微幸得、刘桢平视,恰临流、双眼望盈盈。计日旧游重问,桃叶能迎。

作画四帧各系小诗赠袖珠　　笛　生

半脸春云半脸霞,盈盈娇语醉吴娃。不须更定群芳谱,领袖胥台第一花。<small>荷花。</small>

睡红得酒脂生晕,软玉团香雪作肤。春到江南无价买,乱抛红线绣珍珠。<small>绣球。</small>

弦外知音意最深,何须红紫斗纷纷。自来娟秀怜芳草,敢道风流让此君。<small>兰竹。</small>

记曾此地饭胡麻,露槛云廊认未差。不信画眉人去后,又来仙洞看桃花。<small>桃花。</small>

南　楼　令　　　渔　村

晤练亭、兰坪,知袖珠消息,寄此慰之。

秋柳画阑荒,秋帘镜槛凉。不多些、憔悴秋娘。恼乱西风偏作剧,催燕子,去雕梁。　　往事几回肠,欢场即梦场。再藏娇、谁与平章?小叠蛮笺凭慰藉,知减尽,近时妆。

赠袖珠四律录二　　　药　谙

荔支小字记华年,夜合新催好梦圆。历历游龙惊宛若,娟娟此豸笑嫣然。璇玑慧业三千字,锦瑟繁声廿五弦。痴向东风丐方便,笙娲定补一重天。

文窗六扇敞轻绡，横竹秋情取次邀。铁马韵低寻昨梦，金猊灰冷殢今宵。镇心瓜许分珠箔，刮骨盐催倚玉箫。乞与琼浆劳阿姥，蓝桥争渡未辞遥。

倚云阁留赠袖珠女士　　　蠹　仙

不因花事不勾留，知尔前生定莫愁。几许闲情添酒泪，无憀乡语入歌喉。人情似水何妨冷，客思如云况是秋。明日蒲帆江上挂，一纤纤月照淮流。

偶访袖珠不值　　　莲　衫

旧识桥西路，红窗舣画桡。隔帘花片妥，对岸雨丝飘。秋士偶相过，春人何处邀？可怜垂柳色，吹绿一条条。

用绿春词韵三十首赠袖珠金校书录十四首
白　斋

三五星期指在东，女床缥缈翠微中。乌衣小篆经薇露，雀舫余芬度蕙风。偃月浅侵眉样碧，断霞羞晕脸潮红。昨宵新订游仙约，差喜银河路渐通。

底问蓬山隔万重，瑶台月下忆初逢。风姨催舞珠娘棹，云母分围玉女峰。情未能忘心尚怯，见无多语意尤浓。王昌会得真消息，一叠鸾书手自封。

欲采芙蓉便涉江，碧阑干外舣轻舠。文鳞悄幂鱼鳞钥，义甲闲调蜃甲窗。兰蕙图邀翻再四，苔华名喜琢成双。仙楂慢引回波去，倾倒瑶池紫玉缸。

月满闲庭花满枝，珊珊环珮故来迟。魂销纸醉金迷处，梦堕香温玉软时。扇逗风怀防婢觉，灯嫌露影泥娘吹。欢惊隐约都难记，敢笑陈王枉费词。

　　乱绾鸣蝉鬌懒梳，水晶帘底碧纱虚。丁香松结窥红袜，卯酒余痕润翠裙。手钏碍钩垂幔后，胆瓶添水拗花初。上头夫婿无多事，先学鸳鸯两字书。

　　添酒回灯意渐迷，枇杷门巷隔长堤。人从畹右移琴左，天遣香东伴墨西。离恨待招欢伯劝，买愁痴和懊侬题。黄昏刚趁寻秋约，无那云廊月又低。

　　桐叶新诗索自媒，桐花小阁为谁开？泥金空仿金华格，嫁玉难偿玉镜台。三里雾才笼月去，五更风又冒云来。不知捣麝成尘后，检点香煤剩几堆。

　　絮已沾泥尚忆云，荀炉不藉水沉熏。西楼坐拥花双艳，南浦愁萦月二分。绣佛有心空压线，留仙无计漫裁裙。将离谁慰英翘意，怕遣桃源女伴闻。

　　五铢衣薄怯微寒，中酒柔情带笑看。绿蜡悄移翻雪碗，青萤憨扑夺冰纨。兰期乍结羞重订，莲漏频催怅已残。莫问双星天上事，人间一样此时难。

　　弹雀明珠肯碎抛，合欢枝上语初交。漫催画鹢迎桃叶，先盼明蟾上柳梢。银钥零丁防露湿，铜镮些子带风敲。他生定化衔泥燕，双宿双飞认旧巢。

　　吹转春风影乍青，看朱成碧几曾经。堕怀羡尔为明月，饶舌憎人话小星。钿合忆从仙室见，钗声偷隔女墙听。罗衾不耐凉如水，忘却西厢户未扃。

　　已上瑶阶第几层，冲烟犯月记吾曾。归桡绿暗城头树，隔水红迎塔顶灯。皓腕放娇嗔乍攘，香肩倚醉昵同凭。玉壶满贮灵芸泪，一夜和愁结作冰。

　　谢家庭院簇春醅，绫障低围作剧谈。斫桂更番凭换绿，护花珍重仗随蓝。幸游阆阁逍遥六，愧叠新词快活三。唱到《紫云回》一曲，有人隔座识罗含。

　　智琼暂贬隔尘凡，依旧书仙署妙衔。何以报之青玉案，谁能解此紫蕉衫。骑羊客厌多于鲫，控鹤人防去似帆。添得几重文字障，狂生绮语未曾缄。

为袖珠题兰竹画箑　　　　莲渠

几许愁心委逝波，相思渺渺怅如何。倚寒翠袖无人见，空谷遥怜风雨多。

声声慢　　　　秋舲

余为袖珠作水仙花册子，并属同人题之。

影回洛浦，香暗江皋，珊珊来者其仙。记得相逢，瑶台第几重天。番风数过平。廿四，只无籁、数到伊边。好珍重，玉玲珑纤骨，拾翠调铅。　　　听说封姨跋扈，已石家衣浣，陶氏鬟偏。姬适有小警。料理青瓷，值他铃索高悬。今生雪霜耐尽，定前身、明月婵娟。月明也，悄凌波、湘梦再圆。

东风第一枝
同题　　　　白斋

倚竹寒深，踏梅春浅，琼蕤芳讯先吐。待因妙手王孙，替写岁寒冷趣。游仙梦破，凭一剪、微波延伫。认不分、雅蒜低垂，多恐采香人误。　　　笑指说、袜罗纤步，莫浪被、俗氛点污。为伊露苦风辛，偏只欲言未语。羞蛾敛翠，可忘了、瑶台来路？忆星星、星影投怀，料得个依前度。

浣溪纱
同题　　　　莲矅

活脱谁模小样笺，冰肌袅袅骨纤纤。绝无言处赚人怜。　　　抱影已和秋共瘦，凌波还望梦能圆。湘风湘雨恣去便娟。

同　题　　　　　　　子　旒

　　小谪名花种,前身女史星。朝霞惊洛艳,明月梦湘灵。居趁青溪浅,春宜画阁扃。含情钗瑟瑟,微步玉亭亭。兰媚怜同调,梅癯笑独醒。曳绡原绰约,解珮自忪惺。人海孤芳远,天风一曲听。尘缘如许载,我欲共扬舲。

同　题　　　　　　　晴　溪

　　一水盈盈洛浦边,梅兄矾弟称清妍。是身生就无双品,不博王封已自仙。

　　谁分雅蒜与天葱,模入生绡一两丛。听唤女儿花最好,双声低按玉玲珑。

同　题　　　　　　　雨　艻

　　铢衣楚楚佩珊珊,小立天风怯暮寒。一片湘云与湘水,梦魂风堕碧阑干。

　　斑管评香名第一,蓝田种玉价无双。托根自占蓬莱浅,羞煞桃根唤渡江。

　　鲍家姊妹总娉婷,花底双声倚醉听。香雾渐低宵漏永,疏灯帘幕荡秋星。

剪　湘　云

同　题　　　　　　　芸　士

　　冷冷清清,娟娟楚楚,恁独笑春前,瘦影如许。别样芳情脂粉外,肯受人间风露? 怪寻常、解佩太憨生,说汉皋神女。　　合教位置娉婷,屏山深处。尽金屋瑶台,谁认仙侣? 一曲冰弦湘水怨,道是知音难遇。只梅兄、也抱岁寒心,剩相看无语。

前　调

同　题　　　　　　　　鹤　山

缥带慵拖，铢衣悄展，正素袜伶俜，伫立低面。不道云凝波冷处，偏得瑶华乍见。甚情缘、解到一双珠，恰江皋岁晚。　　最是梅影横窗，绣帘深掩。耐薄暖轻寒，浅晕融遍。拟买冰瓷供瘦石，又怕苔棱斜点。想通辞、渺渺赋《怀沙》，望天涯人远。

尉　迟　杯

同　题　　　　　　　　小　松

珊珊步，倚日莫、缟袂凉烟素。凌波悄自无言，生怕酒边人语。天涯月淡，不分又、隔宵弄丝雨。却闲愁、梦堕微茫，碧天云影偷诉。　　洗尽腻粉残脂，向璇室争妍，冰骨应妒。风露中庭，铢衣缥缈，望里藐姑山阻。前身问、盈盈流水，更惊起、鸳鸯双宿羽。奈征帆、树外潮生，凝想洛滨神女。

同　题　　　　　　　　璆　虹

六铢披雾縠，一剪漾风漪。瑳笑珠帘底，春浓不可支。

别梦桃花潭近，春情莲叶溪长。一把飞琼珊骨，神仙原在中央。

一碧罗罗迟远春，黛蛾剪出二分鬟。袖中五色珊瑚管，细谱新词貌洛神。

同　题　　　　　　　　梅　隐

不在湘江汉水滨，亭亭罗袜净无尘。前身合是青溪妹，桃叶桃根结比邻。

忆从姑射醉流霞，小谪人间阅岁华。定为相思太痴绝，无端幻作女儿花。

照见幽姿剧可怜，月华如梦复如烟。泠泠风露凉凉夜，谁护微波一晌眠。

赋

同　题　　　　　子　铁

一水独立，春人无言，赠芳华兮绝调，怨灵修兮招魂。女史星明，洞天春小。罗袜凉兮步珊珊，翠袖薄兮思悄悄。方其凌玉冻，抗琼霜，始蕾青璁之馆，将苞翠璎之房。石甃嵌绿，铜瓶蚀黄。羞将离之芍药，迟待聘于海棠。是耶非耶？如怨如泣。月吐眉而碧寒，露飞脚而红湿。若乃湘江妃子，洛浦仙灵，红蕤交枕，绿琋张屏。下珠柙，掩犀棍。羊灯弄影，鸡缸荐馨。牵薜衣之戌削，咒絮语之丁宁。瑶草寄恨，微波通辞。化青萍而贴水兮，如明星之离离。捐余玦兮遗余佩，梦惝怳兮游九疑。愿朝朝而暮暮兮，幻形影以相随。惧仙子之颣怒兮，亟申礼以自持。睹容华之静婉兮，慎言笑之嫚私。于是拖风裳，曳雾縠，银海色空，玉山香独。深复深兮潭水情，年复年兮天涯哭。洞箫初谥，疣琴再弹。聆水仙之一操，同流韵于猗兰。

赠宫雨香女士二章　　　　子　固

学步盈盈出画堂，风飘衣袂六铢凉。年华更比文瓜小，身段才同锦瑟长。初上月还无定影，未开花有自然香。前身合是青溪种，莫遣春潮断石梁。

杨柳千枝复万枝，当窗一笑总成痴。揭开翠箔花先见，揉过兰桡水不知。金谷恰怜莺出早，玉田莫教璧生迟。来春记取迎桃叶，是我乘潮打桨时。

题扇别雨香　　　　前　人

晓乌啼处雨丝丝，秋压阑干睡起迟。明镜自圆花不满，断钗声里别人时。

蛾眉山见月有怀雨香　　　　前　人

西风吹下小楼阴，江水迢迢不可寻。新月恰钩香恨起，碧山正写黛眉深。夜寒珍重来时语，春病提防别后心。好是相思要侬识，满弹红泪染枫林。

丁字帘前同子固因赠雨香　　　　子　年

又买蜻蜓载酒过，英雄无奈女儿何。过江小史皆裙屐，倚槛名花自绮罗。未必管弦天上少，只疑云雨梦中多。荒唐大指秦嬴笑，遗爱偏留一道河。

邀笛风流旧比邻，莫愁艇子往来频。一方丁字帘前水，绝代桃花扇底人。欢会还留三日饮，愁吟不尽六朝春。问谁复得鸳鸯社，碧海青天独怆神。

心梅子筠邀同舍弟子固集听春楼余醉后雨香趋侍甚劳余固未之知也翌日子固细述之因成三绝奉谢雨香并柬心梅　　子　山

楼上窗开见远山，朝朝临镜理双鬟。可知六代销魂水，只在青溪柳一湾。

身入柔乡又醉乡，晚风扑遍鬓花香。玲珑小阁团圞月，此福能禁几度狂？

更多侥幸未曾知，一串歌珠酒一卮。颓倒玉山银烛里，昵他红袖两番持。

八月十九日心梅子筠镜如一凫属雨香为
主人招同秋水小燕小卿露香诸姬为余
预作九月十七日初度余时将去长安诸君
  子亦将各归乡里诗以纪事并索和章 前　人

尽召群仙下碧霄，菊花觞捧桂花朝。两行莺燕翩风舞，八月鱼龙
跋浪骄。盛会只应斯地有，良辰难得故人招。门前曲折青溪水，进作
秋声入玉箫。

百年歌唱状元郎，康海风流昔擅场。笑我闲身来白下，也邀俊眼
出红妆。蚝膏花簇金莲喜，麟脯餐分玉粒香。多谢姮娥能解事，又添
晶镜照回廊。

无端京洛转征轮，十载风沙眼一新。诗虎酒龙名下士，琼帘璧月
画中人。坐叨马齿惭吾长，觞倩蛾眉侑客频。六代繁华花六朵，者番
秋艳胜阳春。

欲拚生计付冬烘，四十头颅鬓未蓬。秋雁不归皖水白，余欲返桐未
得。春花有约帝城红。销魂此夜樽前月，挥手来朝柳外风。赢得酒痕
双袖满，好从燕北话江东。

品花四绝句之一赠雨香　　　前　人

香带甜肥晕带温，个中处处总销魂。大家标格倾城色，唐突曾留
一捻痕。谓余醉后事。

乙亥冬日重抵白下集听春楼有
###　　怀亡弟子固　　　前　人

蕉片桐丝刺眼频，桐丝蕉片满庭秋，子固赠雨香句也。我来重认画中身。
子固曾为雨香作小照。玉楼天已征才子，金屋谁曾贮美人？剑胆琴心狂
似昔，花魂月魄艳犹新。玲珑阁近娜嬛远，红泪阑干湿满巾。子固所

居曰嫏嬛阁。

题宫雨香校书折梅小照 　　邺 楼

照为子固所作。子固应廷试,卒于京邸。令兄子山携归雨香,属余题句。

齐陈金粉秋波凉,璧月下坠浮珠光。盈盈隔岸谁家女,呵气散作幽兰香。习静偶调《金缕曲》,忍寒偏爱寿阳妆。十年我踏秦淮路,桃叶桃根荒古渡。意中人忽画中看,冰绡绘出相思树。自从生小住长干,身铸黄金骨肉寒。啼来照影凭溪水,妆罢临眉借蒋山。蒋山终古隔城青,罗绮纷纷几度新。妾命薄于云片纸,妾心明似掌中珍。秋风八月群仙集,中有才人倏联璧。私忏沾泥絮乱飘,痴怜着露花能泣。吟花晓露未曾干,廿四番风作意残。红羊劫重篱藩仄,彩凤声高羽翼单。天壤有卿能负我,爱河无浪再寻欢。吴云楚雨欢初长,亲闻簪笔朝明光。明年此日重携手,此夜明朝休断肠。谁知一去三千里,别离不足添生死。琼枝已堕九重泉,银灯犹卜双花蕊。苍雁颒鳞梦有无,紫钗碧玉空忧喜。天涯不有孝廉船,锦囊欲卖长安市。我感兰因已怆神,又惊酸语出丹青。_{子固先有四律题卷首。}池塘春草非前度,燕子楼台是昔经。寒宵昨把铜鱼扣,沉香街北门依旧。画壁还悬黄绢词,招魂徒掩青绫袖。酒酣烧烛索题真,认取云英未嫁身。白玉楼高银汉浅,更无天上赏心人。

洞 仙 歌
前 题 　　子 尊

一枝春影,望娉娉袅袅。鹅绢平铺珮环悄。忆花边踏雪,雪外笼花,早留下、今日相思画稿。 玉楼芳讯远,凤纸收残,底处传言盼青鸟?何事尚飘零?诉与兰因,已不是、那时怀抱。待觅着、仙山返生香,好天上人间,离愁偿了。

浣　溪　纱　　　　　　　　一　芙

听春楼两主人索赠。

红影依稀紫影微,帔霞谁拨往来飞。大刘妃与小刘妃。　　别绪才萦鹅玉涩,柔魂暗度蜡珠垂。恼人莲漏促人归。

又

细数兰期又几更,低枝力弱不胜莺。可怜非复向时情。　　贮屋定教金论值,斛珠应倩玉镌名。渡头双楫若为迎?

喜赠雨香校书之作　　　　　　廉　山

曼雨殊香别样柔,春来不负秣陵游。心如豆蔻知方坼,福比梅花更费修。入骨细香添酒腻,当头宝月向人秋。樊川老去风情减,还续扬州旧梦不?

秦淮杂诗赠雨香　　　　　　　持　在

第一名花迥出群,罗衣应有御香薰。板桥红袖双扶过,狂煞梁园老使君。

集听春楼为雨香题扇　　　　　七夕生

琼楼一角敞虚空,过雨谁肩牝牡铜?绛蜡半烧杯底月,绣帘低曳扇边风。菭因称意从教绿,花怯销魂未放红。漫说桃源仙路近,灵犀真有梦魂通。

一凫雾笠莲渠同集听春楼
酒次留赠雨香　　　　药　谙

洞口桃花许重寻,不多嫩叶未成阴。《柘枝》学制诗情艳,桂木偷铃印色深。强按《绿么》酬佛手,戏抛黄胖试童心。二句本事。乱丝肯逐诸尘搅,休便轻嘲五欲林。

簸钱堂近绿杨街,风送银屏笑语谐。瓜子抛残低障袖,莲花步怯强兜鞋。双勾彩胜翻新样,十索瑶笺写艳怀。凤卜真容如愿否,檐头暗祝鹊声佳。

舟泛秦淮过访朱赠香女士因成四十字
　　　　　　　　　　　　　子　尊

偶放寻春棹,湘波一剪开。秾香沉芍药,好梦隔楼台。锦瑟调方叶,琼浆乞未来。王前吾岂敢,用姬识蓬云孝廉事也。天幸此怜才。

秦淮杂诗赠朱赠香　　　　持　在

秀芳归去伴寒簧,剩有佳人号赠香。赢得毗陵老诗伯,泥金重写报平康。

赠李小香校书即事得三首　　七夕生

阴晴天气昼迢迢,笙怯余寒涩未调。午梦乍回帘半卷,按歌声里杂伤箫。

凉篷艇子掠波新,水上清歌细似尘。一树桃花万杨柳,此间能著几多春?

一钩残月又黄昏,浅草疏篱白板门。水样秋波秋样瘦,那须真个亦消魂。

春波楼宴集赋赠主人陆绮琴　　石　舟

镜台春晓墨华融,写得芳兰第几丛?但觉三花生腕底,何曾一石贮胸中。妆宜浅淡姿逾妙,体为欹斜势转工。纫佩知谁滋九畹,只应楚客梦魂通。

翠袖当筵捧醁醽,一声《河满》若为听?愁如流水长成逝,醉倚斜阳不愿醒。选梦几容窥宝枕,赌诗空自画旗亭。延年女弟风情甚,更与挑灯诉小青。<small>时女弟朝霞演《题曲》一折,甚佳。</small>

女校书陆绮琴工诗善画兰花
适出素幠索书为赋六绝句报之　　子　尊

金钱抛得看西施,鹦鹉传声响屧迟。具此丰标宜绝世,黄花香里坐经时。

漫为东风托雉媒,巫云深锁楚王台。谁知林下夫人外,又见云间二陆才。<small>余向赠金玉云,有"十里秦淮花月路,相逢林下有夫人"之句。玉云与绮琴同时,淡雅绝俗。绮琴妹朝霞,弦索极工。</small>

一枝斑管写湘花,尺五鹅绫晕墨霞。不是幽人谁解爱,江风江雨态敧斜。

玉躞金题集作堆,枇杷花下不停挥。红楼倒影春波腻,中有伶俜女探微。

分得龙眠一瓣香,<small>绮琴为方龙眠画弟子。</small>扫眉才子肯寻常?笑他盖名平康女,只事依门赌靓妆。

殷殷说项老延秋,三载青溪载酒游。今日天涯披画卷,美人香草触闲愁。<small>古香亦号延秋,近游山左,所藏绮琴画兰幅最多。</small>

高　阳　台　　　　问　珊

龙眠山人雅有梅癖,倩绮琴女史作《梅花知己图》。绮琴固曲中佳品也。以丹青师事山人，遂尔名噪河上。此图之作，山人其有情乎？花场落落，载订心期；人海茫茫，独成目逆。得一于此，可以不恨矣。为填《高阳台》一阕志之。他日舟次秦淮，山人能置我于暗香疏影间，招画中人一尊相侑否。

疏影香黏，芳心寒禁，夜来点破春痕。试卷珠帘，依稀认取前身。冰肌玉骨谁斯问？凭彩笔、画个真真。便和伊索笑巡檐，一向温存。　　泥他香梦氤氲甚，尽枝枝低亚，特地撩人。无限相思，好风吹作黄昏。只愁欲化遥天月，向纸帐、唤起花魂。恐扬州一觉醒来，瘦损三分。

洞　仙　歌

前　题　　　　　　笤溪

衣香鬓影，忆凭阑点笔。妙相分身众香国。算人边觅画，画里窥人，人与画、只有梅花能说。　　江城吹好梦，记缟袂颓云，一点芳心透红雪。和影到天涯，纸帐茅檐，行住处、眉尖斯结。怕秋月春风暗消磨，待搓碎琼英，晕他娇靥。

连　理　枝

邺楼

《梅花知己图》，余亡友龙眠山人所藏也。山人与绮琴校书最相昵。今藏此者既不可作，而画中人亦有天涯之感。子尊收得之，属为加墨，并识缘起于后。

一片疏香度，似有离云护。说与东风，依稀曾记、忍寒无语。恁生生、天上复人间，剩窗前那树。　　芳讯更番误，清梦知难遇。纸帐垂垂，月婵娟影，可留春驻。怅文君、消渴不移时，向红罗觅句。

秦淮杂诗赠陆绮琴

持　在

为爱同心又并头，写来纨扇结绸缪。绿纱窗下珊瑚格，残梦依稀水上楼。

青溪月夜闻歌适昭龄校书索诗为
赠因书其扇上　　　　子　尊

不解南朝恨，重闻商女歌。声从回处咽，泪自数来多。淡月欲无影，微云如有波。筵前一尊酒，相对意云何？

生小二首赠昭龄　　　　白　也

生小倾城说李香，百年重遇可怜妆。儿家门巷关心认，一树垂杨绿过墙。

珍惜春风歌舞衫，花冠艳簇一团团。善才龙女浑难辨，却被何人当画看？

赠吴藕香校书　　　　玉　才

绰约池边柳，晶莹镜里花。香迷三里雾，艳簇九霄霞。笑靥凝红粉，愁心漾碧纱。天台何处所，仙饭饱胡麻。

莫漫涉江去，烟波画不如。戏抛双陆罢，犹忆十三余。额覆垂垂发，春围浅浅裾。恰宜邀笛步，常此闭门居。

临　江　仙　　　　紫　珊

题《藕香吟馆图》。棹月子游青溪之上，眷士女藕香归茸吟馆，俯清池，植莲万柄。即以藕香题额，复绘作图，三致意焉。日月几何，青黄变色，吟馆依然，而瑟瑟红衣已尽，鸳鸯远移别渚矣。为制此阕，聊以解嘲。

占得妙莲花世界，茅亭合胜红罗。相思吟写水窗多。凉云留梦语，香雾漾晴波。　　　绝似青溪第三曲，只差乌骨帘拖。传闻清浅到银河。重来听不得,急雨打新荷。

洞　仙　歌　　　　　　子　尊

题吴藕香校书小影。

花为四壁,是蕊宫仙侣。悄捻花枝觍然住。记俊游,雨后双掩鱼扃,曾来过、暗地看花崔护。　　凭阑人影瘦,清浅银河,隔了红墙几时渡?莫说不相思,崖蜜偷尝,也值得、魂销一度。恁省识、春风画图中,已输与泉明,_{谓南州司马。}《闲情》亲赋。

菩　萨　蛮　　　　　　前　人

石船属题藕香所赠金凤花画笺,倚此调之。

朱阑干外三弓地,姣红点点胭脂渍。唤作女儿花,有人猜是他。　　一枝谁写照,寄与郎知道。郎性惯温柔,定嗔花急不?_{金凤花,一名急性花。}

过杨又环戏赠竹村　　　　　　药　庵

暖翠三弓玉一窝,红阑曲曲宕晴波。固应输与微云婿,笑按弘农得宝歌。

讯　又　环　病　　　　　　芋　田

药炉经卷半销磨,咫尺琼楼倚棹过。领取散花天女意,更番问疾累维摩。

本事诗赠杨又环六首_{录三}　　　　　　七夕生

紫玉身材碧玉年,藏钩约鬓醉芳筵。谋成屋贮贫无地,修到楼居福是仙。蝴蝶孤身花里活，鸳鸯双影镜中圆。扫眉敢道称才子，多少临邛未了缘。

飞絮因缘水上萍，巫山仙梦易吹醒。出门强笑挤长往，曳袂悲啼又小停。千万回头教子细，再三握手重丁宁。却怜身似双红烛，才照欢筵已泪零。

缥缈凌波怨宓妃，何时双宿更双飞？人惊沈约腰新瘦，我爱杨环貌旧肥。几处笙歌听《白苎》，一条门巷认乌衣。只愁刘阮归来后，重到天涯怅落晖。

秦淮杂诗赠杨又环　　　持　在

乌衣子弟也超群，座上都梁尽日熏。不道那家能夺婿，泪痕常挂石榴裙。

集唐校书秋水楼即事　　　子　山

一枝画桨逐波柔，柳绿新桥绾旧楼。绝代风华多在水，六朝山黛尽宜秋。花天我暂留鸿爪，檀板卿劳拍凤头。小玉雨香。玲珑飞燕岫云。瘦，此身曾费几生修？

品花四绝句之一赠秋水　　　子　山

秋为情性水为神，病起风姿浴后身。一树梨花春雨活，画眉声里晚妆新。

戏　赠　多　子　　　秋　舲

谁与签花谱，春姿分外娇。星光看夕夕，云影度朝朝。密意酬琼佩，良缘缔玉箫。此乡吾欲老，桃叶渡江潮。

菩　萨　蛮

前　题　　　　　　　　枕溪生

绿阴亭院双鱼寂，笑拈花瓣偎人立。致致雪肤圆，湘裙春欲仙。　泥中诗漫忆，膝上歌能记。无那是横波，波横卿奈何？

赠陆茗玉校书　　　　　　七夕生

雏莺乳燕巧成群，柳倦依人惯解纷。皓月未能圆两夜，名花只合绽三分。有情春碗鸳鸯帐，无赖风团蛱蝶裙。愁绝小屏山上画，雨丝痴恋一峰云。

钗光鬓影镜当中，半轴湘帘逗晚风。娇性几分心乍露，芳魂一缕梦先通。黛眉悄敛春山翠，蜡泪愁凝玉箸红。为问箪凉灯炧后，感甄才赋已匆匆。

再　过　茗　玉　　　　　　前　人

回阑十二碧苔封，指点廊腰记旧踪。花落不烦莺嘱咐，歌残转赖酒弥缝。再三偷绾罗襦结，郑重羞开玉扣松。绝笑痴郎痴更甚，者番还认梦中逢。

秦淮杂诗赠陆茗玉　　　　　持　在

恼恨弹棋局不平，转缘花貌误卿卿。有家翻作无家燕，衔尽春泥作未成。

一炁子尊白斋同泛秦淮
醉后赠王宝珠校书　　　　岳　庵

夷光何处问？吴市久荒芜。护此怀中宝，珍同掌上珠。晚潮漾画楫，新月沁罗襦。莫道狂言剧，依稀认五湖。

次绿春词韵三十首赠吴蔻香女士录六
药　谙

阆苑蓬山定几重？彩鸾何意镇相逢。匆匆半面疑深谷，袅袅长眉逗远峰。拂槛花迎初日艳，隔帘香透晚烟浓。《小名录》借《群芳谱》，豆蔻梢头玉蕊封。

姊妹花开又一枝，探芳底用惜春迟。重寻杜牧曾游处，犹是云英未嫁时。愁去任随流水度，欢来曾索好风吹。桃根桃叶传呼遍，独迟去。江东拥楫词。

凤酬箫管玉微微，对影闻声未尽非。掷果旧从油壁认，捧花新自画楼归。捧花生著《秦淮画舫录》，评姬为蔷薇花，信然。蛮笺小叠模黄瘦，蜜炬高烧护绿肥。赢得销魂无限事，肯随蝴蝶别枝飞？

隔坐屏山带笑扶，水精分影照肌肤。兰襟私束双葳蕤，莲屧轻酬百琲珠。眼底娇生羞月似，掌中情解避风无？家家团扇亲题遍，添写凌波第二图。

简简师师共一街，桃源女伴许谁偕？石华唾处分鸳袖，金缕歌时斗凤鞋。半臂袭人香竟体，前身知尔玉投怀。不须更拂墙花去，似此浓春住亦佳。

章台花样迭番新，争识崔徽画里人。莲薏心情工结夏，枇杷门巷独伤春。归来燕子愁同语，打起莺儿梦亦嗔。芳草年年依旧绿，悔教容易驻雕轮。

蔻香以染唇余脂点仆扇上归属笛生稍加渲勒遂成牡丹一枝因系四绝句于尾

前　人

第一佳名记合欢,不将捐弃怨齐纨。分明解识春风意,付与檀奴带笑看。

玉指凝香浅晕红,分题花叶对屏风。画师不枉抛心力,多在停筝一拜中。

小楼银烛点秋光,花底春人梦未妨。无那罗衾凉似水,枕边犹带口脂香。

艳福能消定几时? 低鬟私祝海棠词。春衫染得天香后,添写兰台却扇诗。

瘦绿木君绂笙同集蔻香阁中偶纪

捧花生

香阁玲珑路狭斜,亭亭烛晕掩橱纱。暂凭画舫延眉月,略借蛮笺咏脸霞。秋水净于初泛酒,春人娇似未开花。借碧城仙吏句。银河只隔红墙外,侥幸求仙一放槎。

蔻香女士邀作桃花牡丹画幅因缀小诗

子　隽

春到天台雪未消,伶俜芳影背风摇。画工着意模香色,不敌当筵酒面娇。

偶过蔻香阁题赠

晴　溪

笑擘涛笺索赠诗,珮环声细出帘迟。模糊灯影分明月,是我前宵中酒时。

检点《群芳谱》未差，瑶台小影斗春华。水仙清冷蔷薇艳，都是东风着意花。<small>捧花生以水仙品倚云，蔷薇品蔻香，极雅当。</small>

蔻香阁杂纪同雾笠一芙莲渠　　岳　庵

瑶台月下记初逢，一点灵犀已暗通。至竟禅心关不住，罗裳何苦骂东风？

斜阳催送木兰舟，花底匆匆结隽游。说与痴情应不讳，累他红袖倚高楼。

钩弋夫人本擅场，蜡灯红影醉三郎。绛纱弟子能容我，也爇临风一瓣香。

画屏秋冷月团时，一握齐纨写艳思。赢得西风帘半卷，背人偷记菊花诗。

桃源女伴隔花城，笑向檀奴说小名。知否红桥三五夕，有人嗔唤许飞琼。

镜波双影照伶俜，斜界红墙掩画楣。莫倚填桥倩乌鹊，买丝只合绣张星。<small>谓一芙。</small>

秋色画幅为蔻香校书作　　竹　恬

卷帘秋色正纷纷，浅碧轻黄染未匀。较比牡丹花叶艳，添书新句寄朝云。

感事为蒋玉珍女士作　　莲　衫

不合青溪住，芳名艳小姑。香贻君子珮，<small>昨以建兰见惠。</small>春入美人图。缓缓珍珠价，明明薏苡诬。惜花吾辈在，一笑尔屠沽。

得晤玉珍女士知其适有所警慰之以诗

雨 芗

为访文君宅，才知蒋妹家。<small>玉珍与文馨玉同居。</small>向人憨酒态，背客惜春华。种待蓝田璧，乘思碧汉槎。封姨威跋扈，郑重好开花。

重过方翠翎校书水榭题壁　　子　尊

是我曾游处，临流照影残。听歌消酒易，吹笛遣愁难。窗拓红纱旧，人怜翠袖寒。凭谁堪证取，舟子在河干。

京邸得高桂子惠书却寄　　竹　荪

一缄芳讯托乌丝，渺渺微波怅远离。巢燕定怀前度客，笼鹦还背去年诗。风中柳絮狂和苦，<small>时得韵香消息。</small>春里梅花瘦不支。记得剪灯商略事，软红回首又经时。

避暑花笑轩留赠宝珠胡校书　　七夕生

知是璇宫萼绿华，鬟敧花朵髻堆鸦。此生病渴怜司马，亲擘金盘五色瓜。

款款盟心亦凤因，金钗半醉座添春。狂言卿自相容惯，翻笑鹦哥解骂人。

洞　仙　<small>歌书素琴校书扇</small>　　频　迦

当年桃叶，向渡头曾见。问讯分明掌中燕。把旧时衣袂，与说相思，东风里、可记泪痕曾染？　　厌厌三爵后，素女琴心，忽发狂言有谁管？教写折枝梅，翠羽啁啾，定窥见、玉人清怨。肯等到、阑干月明时，便几个黄昏，也都情愿。

高　阳　台 <small>重逢素琴校书</small>　　　前　人

断梦牵云，微波怨雨，重逢故国深秋。只隔经年，玉箫已诉离愁。梁尘漠漠飞难尽，为双栖、巢印犹留。下帘钩，掌上回身，镜里回眸。　　思量处处堪惆怅，有兰缸影事，桂楫前游。当日丝杨，而今解拂人头。江东才思随年减，怕云英、见也先羞。一齐休。银甲弹筝，且合《伊州》。

采　桑　子　　　　子　尊

青溪晓渡，访素琴不值，闻其落籍有日矣。
一声欸乃临前渡，杨柳疏疏。三两啼乌，门对春山展画图。　　鸨媒连日征芳讯，斛与真珠。载入鹅湖，才信罗敷自有夫。

舟　中　赠　爱　龄　　　　一　芙

十二红窗隐碧纱，溪光曲曲水斜斜。采香多少闲蜂蝶，管领章台让此花。<small>姬姓章氏。</small>
逝水年华又一更，铜镮声里话轻轻。情知柳絮漂零惯，不向东风诉不平。<small>捧花生辑《画舫录》，甄事于姬，姬独默然。</small>

秦淮杂诗赠董阿秀　　　持　在

轻罗二尺称身量，格调休夸卫女长。又是李家香扇坠，怀中婀娜袖中藏。

秦淮杂诗赠陆素月　　　持　在

竹格渡口斜阳催，汝南湾头游船回。鸳鸯队队忽惊散，恼乱何人打鸭儿。

陆素月兰花册子题词　　荻　园

偶描春影过潇湘,露眼盈盈露脚长。莫讶一枝清到骨,前身生小杜兰香。

装池生怕俗尘侵,三日金猊罢水沉。想得背人重搁笔,眼前几个是同心?

秦淮杂诗赠赵小如　　持　在

双鬟曾看见客初,云鬟为问几时梳?香名道有新来派,不许人前唤小如。

秦淮杂诗赠曹素琴　　持　在

岂有名葩植溷藩,移根还竖护花幡。牡丹留得春光驻,休问风吹第几番。

鸩　媒　曲　　兰　村

女伶阿双,与白门施君有终身之订。过于鸨母,其志不申。双将有适,施无计脱之。双知不免,相约饮鸩而殒。贫乏殓具。蜀中蔡公子,身为经营,始得瘗于雨花山麓。同人哀其志节,各以诗吊。余悉其概,为赋是篇。

双星摇摇光欲滴,鹄离夜笑韩凭泣。人间难觅返生香,颇黎魂碎东风急。双星皎皎照青溪,妾住溪东郎住西。溪头翔燕无单影,楼上惊鸾爱并栖。鬈龄学得琵琶熟,抱向人前弹续续。佳客争题白苎辞,新声自变红盐曲。玲珑更击铜弦琴,以竹取声成妙音。十三柱上花常集,廿四航边春乍深。门前系遍青骢马,白祫青袍客都雅。绣虎何人技绝群,女龙无婿身甘寡。谁知择偶广场中,乍识肩吾意便通。情重那须论阀阅,姓佳应莫问西东。蓝桥双醉神仙窟,密誓星前划罗袜。话久频枯海肺膏,舞残每送楼心月。软香扶梦锁缃帏,雌蝶雄蜂作对飞。莫怪妾愁容易织,郎家自有九张机。施本缎贾。九张机织愁无缝,五里雾偏遮好梦。假父多贪欲界金,阿娘强觅秦台凤。深情已自玉同坚,争忍银蟾竟不圆。三生有愿盟贞石,十万还期贷聘钱。妾心卷似床头席,叵耐郎无点金术。九霄舞凤下肺难,一夜飞龙愁骨出。绿章私祝社公祠,洒血同书决绝词。茫茫那定死欢会,草草怕成生别离。明知亲意无时转,更苦情丝系难剪。絮可为萍愿脱枝,蚕拚自缚裁成茧。痴心真托鸩为媒,宛转同斟抵鹊杯。郎自有心追运日,妾宁无意化阴谐。从容引满何须劝,倏忽玉颜惊惨变。投鼎甘同义雁烹,回肠苦似哀猿断。送郎归去路迢迢,泉路非遥世路遥。门外骑来传玉殒,堂前人已哭香销。就中奇士有中郎,一面曾窥窈窕妆。未向花丛留浅笑,却从筵上斗瑶觞。奇士名姬欣有偶,怕作情魔作酒友。不惜明珠赠一双,常邀欢伯倾三斗。惊闻噩讯涕涟涟,亲与招魂阿阁边。通替棺轻呼仆买,断肠碑好倩人镌。离离三尺孤坟小,风回摇动红心草。同穴难酬昔日盟,孽缘悔向今生了。我来凭吊雨潇潇,一盏亲将浊酒浇。千秋欲识含辛意,冢上骈生连蒂椒。

满 庭 芳   紫 珊

晓过含晖楼,篝暖余薰,镜迎朝旭。庭箨摇影,绿上绮疏,阑花弄姿,红渍宵露。观月上扶病理妆,娇喘微沉,愁黛慵展。话水天之旧事,诉花月之新闻。啮臂证盟,承睫有泪。怜其宛转,增我缠绵。嗟乎!风前揽鬓,余深骑省之愁;桥畔市浆,卿有云英之困。虽巢新占鹊,终难百两迎归;而絮欲沾泥,正恐一朝堕落。奈何愁唤,兰阇频弹,缀其琐言,强作绮语。适案头有蘅梦词,因借其韵。

淡日笼窗,赪霞烘槛,晓妆蝉鬓慵撩。药炉烟里,来与伴无憀。谁种两三竿竹,未秋风、声已萧萧。因何瘦?新来肺疾,艾纳尚频烧。　　凄凉身世事，投怀软语，红湿冰绡。问他年金屋，何处藏娇？莫认爱河清浅，怕无端、还有风潮。争肯住、伴他飞燕，楼锁十重高。

一　痕　沙　　　　　　前　人

月上约秋日重来，久盼不至，怅然有怀。

又是鲤鱼风急，盼断渡江兰楫。难道画潇桥，不通潮？　　潮落潮生夜夜，何处月明帆挂。孤负好凉天，拥愁眠。

更　漏　子 含晖楼酒间偶述　　　前　人

唤黄娇，酬白堕，莫负红窗灯火。银漏转，玉绳低，今宵是几时？　　今宵事，前年似，禁得几番弹指？休只是，话从前，尊前正可怜。

记得十二绝句为月上作录四　　　前　人

记得初逢萼绿华，衣长窣地髻双叉。谁知百尺琼枝秀，原是檀奴手种花。

记得啼红泪似冰，六萌迎得薛灵芸。分明小试腾霄技，手把琼刀割紫云。

记得春山露一峰，刚迎玳帽小窗中。书眉才罢邀郎看，比并螺痕若个浓。

记得红楼并倚时，酒阑灯炧独归迟。而今怕过青溪曲，旧梦分明感不支。

余既为月上作月娥小影征人题句

先自成二律　　　　　　星　嵒

顾影怜年小，相逢恰十三。性情偏喜淡，啼笑半缘憨。初日朝霞映,娇花晓露含。曲阑斜倚处,心事向谁探。

为写婵娟影,天涯悔别离。春风卿自惜,秋雨我相思。岁岁帘前月,年年袖底诗。寄情兼寄恨,珍重此心期。

同 题　　　　　芷 桥

活脱崔徽景,团圆桂魄光。前身自瑶阙,小字定寒簧。眉写初三瘦,心期十五望。游仙留凤梦,珍重属装航。

同 题　　　　　耳 庵

偶移纤影过阑干,香透西风酿薄寒。便拟将身化明月,清辉夜夜待郎看。

未识情多与恨多,再抛团扇为郎歌。梢头豆蔻春如海,莫倚东风唤奈何。

素香刘校书剧赏余《五色蝴蝶词》
嗣相值于画舫坚索长短句为赠余诺之
而未偿也素香近已化去再过琴滕楼
追赋此什曷禁黯然　　　　捧花生

结赏到倾城,真堪慰此生。蜻蛉征旧梦,蝴蝶播新名。悔作量珠约,难为翦纸情。只今桃叶水,呜咽不成声。

青 玉 案　　　　　紫 珊

戊午秋晚,薄游秦淮,偶与翘云校书相值。流连匝月,式好同心。濒行时,校书啮舌上血,染素巾见赠。余察其情之痴,而感其意之挚也,爰填《青玉案》一阕于幅。翌日,蓝田种罢,金屋贮成,当以此词为息壤云尔。

生绡谁倩鲛人织?织就相思,难织同心结。私愿欲教郎解识。为即忍痛,表伊深意,啮破莲花舌。　　　　点点猩红亲染出。不是脂痕,不是鹃啼血。一片情天容易缺。几时双桨,迎来桃叶,炼取娲皇石。

蝶 恋 花

同　题　　　　　　　小　云

半幅冰绡微点血。肯为檀奴,悄啮莲花舌。忍痛可知全不惜,教郎看取心头热。　　妒煞汪伦消受得。吐自丹唇,艳夺胭脂色。代系罗襟私赠别,胜人珠泪千千滴。

柳 梢 青

同　题　　　　　　　竹　士

密意痴情,鲛绡香裹,销尽柔魂。泪不能浓,脂还嫌淡,红晕星星。　　秦淮秋涨初匀。好待问恩深水深。吐出莲花,溅成鹃血,娇可怜生。

十 六 字 令

同　题　　　　　　　锦　初

痴,血作桃花泪作枝。分明意,一点一相思。

卖 花 声

同　题　　　　　　　海　树

剪取薄绡缝,血染鹃红。分明意在不言中。要把郎腰常系住,处处相逢。　　情已十分浓,无奈匆匆。为谁忍痛敛花容?一点痴心浑不解,郎可怜侬。

沁　园　春

同　题　　　　　　　　湘　眉

一握生香，愁缄怨裹，寻梦有端。念深依却月，胸酥分润；潜移广袖，臂玉知寒。酒座偷盟，灯窗暗记，绾个同心结与看。三生事，叹眉痕未展，泪点先干。　　猩红舐上霜纨，说不出、心头恨几般。比绣绒烂嚼，似应更碎；口脂双印，略欠些圆。杜宇啼痴，鹦哥叫涩，添了瓠犀一啮瘢。飞花片，剩多情潭水，留到春残。

前　调

同　题　　　　　　　　兰　村

是胭脂痕，是唾绒欹，何其艳耶！怪斑斑染出，似灵芸泪；轻轻点就，异守宫砂。眉乍烟含，齿刚犀露，忽见莲开舌上花。明灯下，累檀郎惊认，一口红霞。　　华清汗渍休夸，试比并、香痕总觉差。想樱唇欲启，故教款款；丁香强递，愁送些些。色较情浓，心如丝洁，广袖何须斗石华。生绡好，得亲承香泽，侬却输他。

金　缕　曲　　　　　　前　人

紫珊以翘云赠帕索题，余既为填《沁园春》一调。忽忆及香君桃花扇事，有感于怀，因就己意，再作此解。诸君题句，余音绕梁。此阕调高声促，未免有变徵之音。要之此论自不可少。请质之紫珊，并质之后之题者。

昔者杨龙友，绘香君、桃花扇子，红娇绿皱。比似娲皇能炼石，巧把情天补就。剩佳话、艳传人口。谁料销魂者般事，让汪伦、今日重消受。猩红染，玉绡透。　　展观累我神驰久。替追忆、说盟说誓，浓欢轻咒。但恐香痕容易黦，悄把那人心负。想佳遇、岂宜无偶。何不调青兼杀粉，一枝枝、也画花魂瘦。珍重觅，写生手。

菩 萨 鬘
叔 美

紫珊以翘云校书赠帕见示。言其定情时,啮舌血渍帕上,藏之十
稔矣。属余仿杨龙友故事,补作折枝桃花。因就其血痕一二点,约略
成之,并系小词,以永佳话。后之览者,勿以笔墨计工拙也。戊辰
仲冬。

蚕丝吐尽鹃啼血,生绡点点胭脂湿。无赖是相思,催人补折
枝。 门中人已远,竹外春波暖。珍重看桃花,依稀还见他。

清 平 乐
同 题 郏 楼

红欹绿亚,人面何方也? 白白生绡裁作帕,说与东风无
价。 最怜不尽相思,又看燕子单栖。翘云为小燕姊妹行。二十年前春
色,万千劫后情丝。

浣 溪 纱
同 题 子 尊

生小人间薄命花,鹃红点点渍轻纱。一般补恨学笙娲。寄与柔
情和泪裹,摹来艳态趁风斜。莫随流水去天涯。

重访王梦仙校书即事成诗题箑作赠
紫 珊

记到青溪曲,枇杷小巷通。别来情款款,数去梦匆匆。眉敛灯前
翠,腮凝醉后红。桃花应识我,一笑向春风。

杨枝曲为杨校书作　　　　伯　也

一串莺声花外啭，江南三月东风软。水晶帘幕碧沉沉，愁心偏许
情丝绾。情丝来去无定时，因风送上垂杨枝。情根毕竟何人种，飞絮
年来只自知。依依搭向红楼角，媚眼窥青才一搦。后身切莫化萍衣，
流入春江便不归。

同　题　　　　小　秋

丝丝软碧拖烟冷，牵情解覆鸳鸯影。离人欲挽力难支，一双青眼
愁春醒。红桥月落闻玉箫，香梦迷离咽暮潮。不向灵和斗眉黛，枉绾
东风舞瘦腰。

洞　仙　歌　　　　子　尊

上元夕同一芙子山、玉才、莲渠集眉山阁，因赠苏绿珠
校书。

春灯弄影，践传柑佳约。好在常虚凤城钥。曳沙棠款款，小渡银
湾，忍负了，三五填桥灵鹊。　　江湖频载酒，十载扬州，旧梦零星已
曾觉。今夕又何年？锦瑟筵开，莫浪笑、樊川落拓。恰獭髓寻来糁香
痕，用本事。定珍重萧郎，刀圭仙药。

秦淮杂诗赠张蘅香　　　　持　在

十年声价压平康，细柳腰身着意量。早识人间尘梦短，当知何苦
嫁刘郎。

秦淮纪事赠许韵兰女士　　　　七夕生

九子钗梁压翠鬟，绿螺两点小眉山。天然意趣天然韵，比似兰言

竹笑间。

秦淮杂诗赠许韵兰　　　　持　在

岂有花飞再上枝，三年不见细腰支。一从赠别诗成后，只唱微之决绝词。

留别沈玉琴校书　　　　七夕生

一室春风笑语和，尊前肠断《懊侬歌》。秋波转处传情远，软语听来著想多。誓月有心空解珮，卖珠无计可牵萝。片帆又逐江潮去，渺渺云天奈若何。

重来为玉琴作　　　　前　人

重来风景似深秋，楼外青溪溪自流。肠断旧时人不见，空余燕子蹴湘钩。

往事依稀在目前，凄凉何处问婵娟。可怜小别才三月，忍看瑶阶草似烟。

小亭一径碧苔封，人面空余落照红。剩有桃花无恙在，斜依门巷笑春风。

青溪杂忆诗柬捧花生同赋　　　　竹　恬

琢玉为针不染瑕，芳龄便解爱春华。倩谁尽逐闲蜂蝶，护惜初开两朵花。玉鍼、爱龄。

玉影玲珑称小名，杨家有女长初成。花前一曲淋铃雨，雏凤清于老凤声。玉香。

推手为琵却手琶，宝光艳艳簇余霞。不随红紫栽金谷，别是璇宫一种花。宝霞。

琴名绿绮倩谁弹，继起王家有又兰。天与写生双管秀，骚人莫作美人看。又兰。

江左乌衣姊妹行，惯将风雅压歌场。就中七七休相妒，稳抱莲花梦亦香。瑞兰。

生小风流陌上花，翻教美玉倚蒹葭。不知今夕诚何夕，梦到红桥第几家？小兰。

飘茵落溷事争差，狼藉高枝一朵花。今日回头声价减，可怜彩凤已随鸦。舜林。

彩云吹散恨茫茫，留与词人话断肠。欲续宣和旧香谱，素香不是返生香。素香。

瘦绿司马招集仓山席上赋赠张蓉裳校书

绂　笙

花样丰神玉样清，憨憨真副宝儿名。校书小字宝玲。娇波斜趁金钗溜，纤指轻笼玉柱横。香梦慵醒怜舞蝶，好春才驻怨啼莺。掩灯别有秋云赠，珍重千丝万缕情。

桃花画扇蓉裳索题　　　　七夕生

曾向瑶池浥露华，倩谁妙笔染轻纱。施朱傅粉东风里，薄命天生一种花。

清　平　乐题张绣琴校书伴梅小影　七夕生

轻衫窄袖，秋向双眉逗。悄立阶前衣略皱，人与梅花同瘦。　　何须浅笑深颦，年年不负春春。到是今生薄命，可知明月前身？

秦淮杂诗赠张绣琴　　　　持　在

舞袖翩翩调遏云,胜他苍鹘与参军。山塘烟雨红桥月,占断春光
又几分。

赵艾龄校书酒次偶赠　　　　邺　楼

门巷深深一径纤,绣帏红挂玉珊瑚。谁将鲁酒怜中散,闻说秦楼
傍小姑。绿染鸭头潮有信,香熏鸡舌雪为肤。相逢合倩龙眠手,为作
轻烟淡粉图。

鹊　桥　仙醉后倚此为艾龄题箑　　石　芙

燕惊春在,莺怜春在,绝忆那时姿态。琴心弹到七条弦,恰不分、
年华还快。　　几番愁耐,几番欢耐,了却相思旧债。花花草草恁依
人,至竟又、何如艾艾。

青溪水榭即席有纪赠艾龄　　　兰　村

欲夺盈盈掌上珠,林宗频伽。酒态已模糊。不知寻着三年艾,疗
得相思病也无?

秦淮杂诗赠王小荇　　　　持　在

净持老去惜年华,又把风情付左家。帘外待他春睡足,殢人一树
海棠花。

秦淮杂诗赠张杏林　　　　前　人

芜城杨柳绿丝丝,舞尽东风力倦时。犹有春心无处著,隔花低唱

《十香》词。

赠 疏 香 　　　　兰 村

一饭胡麻有夙因，莺谣燕啄总非真。眼前谁是林和靖？浪说梅花要嫁人。

兰村易女郎三福名为疏香属叔美画扇诸君题词其上 　　频 伽

影暗香疏句足传，新词倾倒石湖仙。三生名字修来福，说着梅花便可怜。

洞 仙 歌 赋赠疏香女子同频伽作 　兰 村

娟娟此豸，正春情初逗。骨比香桃十分瘦。惯偷窥戏蝶，痴捉飞花，娇憨甚、略解闲愁时候。　几回羞晕颊，多事兰姨，画得鸳鸯倩伊绣。问取比肩人，除却王昌，恐不合、此生消受。只一笑、当筵眼波流，怪屏外春山，总输明秀。

前 调 题叔美为疏香女子画梅用兰村韵 　　频 伽

东风著力，恰雪痕微逗。略解春情便应瘦。似那回曾见，隔个窗纱，修竹里、翠袖暮寒时候。　江南二三月，艳紫妖红，儿女十平。枝五枝绣。谁得比孤清，一斛珠量，除聘取、海棠消受。拟待到、昏黄月微明，倩玉笛横吹，看珠帘秀。

高 阳 台 　　　　兰 村

频伽将返魏塘，时疏香女子亦以次日归吴下。置酒话别，离怀惘惘。频伽即席成词,因次其韵。

月转鱼扃,露凉鸳甃,西风新到江城。别恁匆匆,管弦忽变秋声。暂时团得红窗影,梦如烟、不近桃笙。者离情,较雪争寒,比絮嫌轻。　　可怜还有将归燕,怪无端津鼓,苦促君行。争不同舟,伴他倩影亭亭。云摇雨散垂垂别,只几番、老了啼莺。算归程,风要先听,雨要先听。

前　　　调随园席上赠别疏香　　　频 伽

暗水通潮,痴岚阁雨,微阴不散重城。留得枯荷,奈他先作离声。清歌欲遏行云住,露春纤、并坐调笙。莫多情,第一难忘,席上轻轻。　　天涯我是漂零惯,恁飞花无定,相送人行。见说兰舟,明朝也泊长亭。门前记取垂杨树,只藏他、三两秋莺。一程程,愁水愁风,不要人听。

咏秋海棠花为顾双凤女士作　　　梅 隐

秋海棠,又名断肠花。山谷咏水仙诗,亦云"是谁招此断肠魂"。姬先与倚云同居,倚云即所称水仙者也,诗故云云。

花谱签名我最公,断肠种子本相同。披图莫讶春痕淡,又见秋阶滴泪红。

前 题　　　仲 坚

倚阑休笑六朝春,如此秋光亦可人。唤起西风相识否,不须肠断问前因。

秋崖卒于旅邸余三校书经理备至
赋此哀之兼赠校书　　　子 尊

凄绝秦淮咽暮潮,旅魂何处向风招?稻粱梦远心先瘁,花柳情多鬓易涧。只履定从亲舍返，瓣香合傍女间烧。不图今燕湘兰外，别有奇闻续《板桥》。

<h2 style="text-align:center">题马湘兰小像赠又兰女士　　白　也</h2>

杂记何人续《板桥》? 后身还许现冰绡。更无伯毂能相赏，影向潇湘梦里抛。

匆匆絮果与兰因，百五年来又美人。一缕媚香生竟体，任他风露莫伤春。

我有秋怀托画工，纫之为佩素心同。不知重向东园望，可记桥南月似弓?

<h2 style="text-align:center">琵琶词赠李润香校书作　　花　隐</h2>

当时我醉凝馥家，_{凝馥姓杜名宛兰。}吴中第一工琵琶。秋娘隐恨自终古，小劫空残智慧花。今年偶过青溪路，繁弦俗手纷无数。一声如遇郑中丞，双耳流来向心住。香君合领十分春，传得龟年指上声。一样东风春误嫁，珊珊宛是意中人。段师妙手西楼女，雅步纤腰眉欲语。半面犹遮凤尾槽，石桥年少魂先与。气味清华冠众芳，素心素面芙蓉裳。花含晓露娇容润，人醉东风细语香。自爱天然谢甜俗，软红若个人如玉。怕惹春愁独倚楼，为余诉出琵琶曲。玉指冰丝滑欲流，新莺弄拍啭歌喉。一弹再拨意难尽，暗惜飞花不可留。瑟瑟骊珠逗秋雨，依稀似续开元谱。商声泛入四条弦，袅袅余音情一缕。倩谁写得美人心? 退笔颓唐不敢吟。冷艳暖香天不管，白头不觉惜花深。幽闲的是良家子，白傅伤心有如此。沦落天涯定有因，几回梦到朱门里。朱门大妇矜红妆，燕支染作花中王。俊逸可知人绝代，只将黛笔占平康。香君香君吾语妆，绝艺通都何足数。奇花不遇有心人，真色从来贱如土。珍重青泥一品莲，西风不是养花天。罗敷自有夫年少，五马踟蹰枉作缘。

琵琶词和花隐赠润香　　　邨　楼

昔闻朝霞弹琵琶,春波一曲风吹花。楼空人去音在耳,愁心直落天之涯。闲来打桨逐桃叶,谁复能为善才挝?润香女儿年十七,色艺秀出龟年家。花中隐者抱花癖,日昨握手心咨嗟。道言琵琶儿入抱,一轮明月当胸皎。照见儿心似月圆,四弦无数愁丝绕。冰箸堕瓦铿有声,栗留三五花间鸣。帘波盈盈暗潮上,游鱼拨剌飞鸟惊。惊心华年逝如水,胸前一抹声再起。欲语不语惟弦知,九曲肠凭泪珠洗。嗟余清冷如冰弦,不听琵琶近十年。状头无定谁拂拭?青衫落魄还自怜。何时门叩水边榭,红亭一角垂杨挂。未听琵琶且听词,弹作新声两无价。

秦淮杂诗赠王小秋　　　持　在

青溪南畔郁金堂,指点儿家旧姓王。白发几人谈往事,倚阑重为唱秋娘。

秦淮杂诗赠赵桐花　　　持　在

玉容瘦损减丰标,可惜春光病里消。卷起翠帘人不见,一群幺凤隔花招。

青溪小住偶值桐花校书喜成　　　笠　生

板桥西畔水平堤,十二珠帘一色齐。夕照半楼人打桨,绿杨影里鬓云低。

幺凤芳名重比珠,秣陵金粉尽教输。只愁唐突双飞翼,口不含香不敢呼。

遮莫当年说玉京,儿家风趣太憨生。可怜九曲青溪水,那及横波一寸清。

春燕词赠王小燕校书　　　　抑　山

　　巷口寻芳几度经,泥香时节又清明。海棠院落圆新梦,杨柳池塘续旧盟。解诉闲愁羞草草,频呼小字配莺莺。二分月照归来路,认得王家此画楹。

　　含睇斜窥玉镜奁,受风情态自翩翩。帘栊影里双栖稳,铃索声中一串圆。浅露红襟藏绣幕,偷衔锦字寄云笺。分明侧髻低鬟见,颤向钗头碧玉钿。

　　野草闲花总后尘,雕梁深护几重春。似曾相识偏怜我,莫倚能言便骂人。宾主无分真款洽,腰肢虽小恰停匀。回风一舞消魂否,妒煞当年掌上身。

　　于飞故故影差池,雨腻云酣感莫支。曾为投怀怜翠尾,可能系足有红丝?会他娇鸟依人意,盼我春风及第时。何日曲江同宴罢,杏花深处话相思。

忆　燕　词并序　　　　　　　前　人

　　曩制《春燕词》四首。绘声绘体,殊惭体物之工;宜雅宜风,聊寄缘情之感。迁流易逝,离合无端。忽小别以经时,问其旋于何日?杂花生树,曾时鸟之变声;凉飙动林,惊落叶之满屋。将子无怒,忘我实多。云胡不归,曷其有所?望风怀想,将毋陌上花开;搔首踟蹰,知否巢边香冷。不能无忆,载歌此词。

　　郁金堂北梦游仙,一别匆匆月五圆。远送曾来嗟涕泣,孤吟谁与共缠绵?泥萦画壁闲筝柱,香炧金炉冷篆烟。耐得连宵风露薄,湘帘低卷静无眠。

　　故国乌衣久恋渠,天涯红雨最牵余。夕阳小立空延伫,画槛先期为扫除。往日呢喃还记否,些时肥瘦定何如?生愁水宿风餐后,不似春宵乍见初。

芙蓉采采隔江皋,秋以为期冷旧巢。社日关心过五戊,潮痕屈指
减三篙。迁延莫漫防姑恶,迢递还应念伯劳。我有新诗凭寄与,风前
吟就首频搔。

涤尘厄酒绿新醅,先向文窗醉几回。凝睇愁逢烟树合,痴心梦见
海棠开。十三楼畔云深浅,廿四桥边水溯洄。芳草王孙都已老,相期
风便早归来。

春燕和抑山韵因赠小燕校书　　子　尊

春风次第检《禽经》,之子归来著眼明。昵尔画堂倾软语,背谁彩
线缔新盟。双栖定傲深深蝶,百啭刚随恰恰莺。孤负昭阳频问讯,此
生飘泊托檐楹。

轻盈私与斗钗叕,玳瑁梁深翠羽翩。隔岁再逢腰更瘦,那番初见
颔微圆。剪裁是处张云锦,图绘终看工露笺。当面新妆问宜称,肯辞
十万购珠钿。

香泥寻遍软红尘,爱惜衣裳爱惜春。秋思莫惊帘内客,芳心只傍
幕间人。影怜杨柳当风弱,色并兰苕被雨匀。千二百轻鸾好在,端相
稳称绮罗身。

雪岭回头谢墨池,于飞生恐力难支。可随乌鹊填银浦,愿作鸳鸯
买绣丝。夜月偶闻长叹处,夕阳贪话冶游时。涎涎只妒张公子,花底
芹边了梦思。

乳　燕　飞本意　赠王小燕校书　　邺　楼

那处曾相识。倏飞来、乌衣巷口,同心比翼。堂宇郁金梁玳
瑁,莫是卢家旧宅。任双剪、春愁如织。帘卷波痕斜照浅,落花
风、吹舞红襟仄。香影荡,悄无力。　　　聪明肯让鹦娘舌?诉相
思、呢喃语巧,逼人咄咄。甚欲投怀浑似玉,瘦忆汉宫颜色。怕公
子、寻消问息。袖里琼笺笺上字,展情思、一系千怜惜。涎涎曲,
几番拍。

日夕买舟至剪波楼为主人作
饯临舣索诗赋此为别　　　伯　也

石桥巷口唤轻航，泼剌声中乱夕阳。两岸近连新涨水，十年前似此番狂。干卿底事萍衣合，与尔同愁柳絮忙。莫恋竹西歌吹好，江南转觉是家乡。

别意为小燕赋　　　玉　才

别酒愁尽欢，欢尽愁愈长。后夜江上水，今夕灯前光。举灯照江水，两地空茫茫。

怀燕柬王校书芜城　　　梅　痴

雁已南来燕不归，黄花开瘦蟹螯肥。心凭笺尾衔愁写，梦绕樯头破浪飞。待卷帘波秋瑟瑟，重斟社酒影依依。分襟可记红襟在，曾拭啼痕怕染衣。

寄小燕校书　　　蔚　园

燕语风吹一断肠，落花黯黯碧云荒。他生何若今生好，痴倚桥边盼夕阳。

即事调陆兰舟校书时同绿庵鱼谷在画舫也
　　　　　　　　　　　　　遂　园

不多杨柳弄新秋，略似浔阳送客游。莫倚琵琶弹错杂，隔船人有白江州。

忆醉红楼酒一卮，云间声价两琼枝。姬妹素月,亦著时名。分明密意谁摹出，浓笑书空作字时。

城东美人歌为陆兰舟校书作　　花　隐

城东美人邯郸步，十六嫁作商人妇。遇人不淑慨仳偶，忍寻桃叶来时路？杨柳青青懒上楼，芙蓉花发水悠悠。人怜妾是孤飞鹤，妾道身如不系舟。生小情多向谁寄？从今怕检相思字。影事从教玉女窥，艳名肯受金夫累？凌波微步不生尘，月白风清又几春。舟上木兰歌入破，可知原是此花身。

自制白团扇各系小诗分赠诸姬　　药　谙

吴姬十五辫双鬟，熨贴修眉学远山。顾我似曾相识否，轻轻扶醉扣铜环。蔻香。

一角红楼压水开，黄金新筑避风台。冷香不附闲桃李，孤负隔帘蝴蝶来。袖珠。

油红窗屉宕云霞，中有桃根姊妹家。一晌听春楼上坐，了无心绪问群花。雨香、露香。

烟花催送木兰舟，别梦依依燕子楼。明月本来千里共，玉人何事恋扬州？小燕昨返邗上。

宜主芳名至竟猜，碧梧双影为谁开？秋娘冷落江湖上，三月春深凤不来。桐华。

帘影重重月影清，女贞花好伴云英。琵琶门巷春如许，偷听冰弦断续声。福贞。

永巷春风忆彼姝，俭妆时世近何如？停筝若遣周郎顾，一曲清歌一斛珠。福龄。

砚榻低环水一方，笔花分与梦中香。春波老去风情减，重见秦淮马四娘。又兰。

彩凤随鸦分自安，那禁中道唱孤鸾。青天碧海常如此，枕上红冰拭未干。蘅香。

金粟凭谁记小名？桂枝香里月三更。秋来莫逐闲花草，稳傍兰云过一生。桂枝。

墨池憔悴李家娘，不敢人前说断肠。争似琼浆劳阿姥，十分春色醉余杭。润香。

金钗集艳十绝句　　　蠡秋

韵琴赵。婀娜蔻香吴。妍，素月陆。苹生胡。致共翩。桂府试传花及第，香联蕊榜注婵娟。

秀绝如如赵。葆玉姿，玉香杨。憨笑爱龄郭。痴。凤珍严。手语通双凤，顾。扇锦鬟桃纪一时。

三年别绪记分明，打桨重过觉有情。著眼看花花一致，水晶帘畔得蓉卿。曹。

宛卿董。去后几经年，十岁孤雏寄水边。暮雨潇潇传一曲，吴娘张。相伴更相怜。

迷香洞客注同心，风雨寒香昵绣琴。张。可恨不将金屋贮，风尘何处觅知音？

骨秀神寒自出尘，莫随流俗斗时新。月娟徐。清绝肩苕玉，陆。品曲飞觞借两人。

青春白日去堂堂，往事纷纶暗忖量。潭水桃花消息杳，一枝犹见宝林芳。汪。

藕香冯。门巷又兰马。身，更有通州小字新。王。倘过花田谈韵事，就中毕竟数湘筠。王。

谁家金翠著河湄，秀出芳兰单。共玉枝。却惜钱神虚障锦，不曾斟酌避封姨。

选艳希逢十二钗，暂分九品集莲台。当时韵致传词客，共看翩鸿照影来。

过双素堂讯琼仙女士病　　　织梧

懒闻花气厌闻歌，锦样春光一掷过。长叹未容瞒燕子，微吟慊与教鹦哥。梦为惜别翻疑少，语到销魂不要多。肠断绀华双袖满，为卿呜咽几摩挲。

润芝录事倚醉工愁触欢成恨怜
芳情之宛转惜后约之沉迟制
泪莫禁漫拈此律　　　　雨　亭

流苏香影宕轻绡，密炬光沉隔座遥。满颊晕催春讯暖，低鬟笑近酒波娇。愁非有约终难遣，魂自无多不耐销。说与漂零怜也得，青衫空博泪条条。

赠顾双凤女士四首录二　　　药　谙

柔波一剪荡春江，日日平桥倚画舠。柳外璧人亲结珮，花间玉女暗窥窗。可怜飞燕凝妆对，翩若惊鸿弄影双。真拟化为红绶带，亲衔春色照银钙。

盈盈衣带望中迷，赵李经过绕大堤。戏逐红鱼莲叶北，误传青鸟苎萝西。慵教艳曲双声度，嗔唤香名一字题。莫讶相逢镇闲坐，有人还惜女床低。

赠杨玉香女士　　　　　仰　之

宝镜才停宝鸭凉，明珰翠羽换新妆。沉沉金谷花原艳，习习蓝田玉有香。春不分明怜蛱蝶，梦如仿佛见鸳鸯。可知陌上风无那，莫趁杨丝作意狂。

秦淮水榭题欢道人珠江十二鬟图有序
　　　　　　　　　　　　　子　故

道人欢秦淮赵婉云校书。婉云化去后，道人之珠江。三年复来，集婉云妹桐花阁，出《珠江十二鬟图》示客。客有题咏，道人意弗尽，命桐花酌我而歌之。

东风吹得云无影，弱雨弹窗作秋冷。忽然开卷烛摇红，十二名花春睡醒。花容个个桃根妾，却与吴娘妆束别。荔支钗挂女珊瑚，柳叶裙藏仙蛱蝶。蛱蝶冈头蛱蝶家，蛱蝶双双苏幕遮。江水色如螺子黛，女儿身是素馨花。花田昔有宫人葬，转世还生南海上。识宝人看作美珠，吹兰气可消香瘴。瘴海南来客绪单，黄金抛尽买新欢。四时天气春常暖，万里家乡梦不寒。道人愿老珠江矣，道人可记秦淮水？赵家姊妹各倾城，赤凤歌来飞燕喜。晓日晴窗淡粉楼，晚风香桨木兰舟。拚将红豆酬青眼，博得元霜染白头。白头约定恩难报，感动云娘意倾倒。作意愁将折柳吟，多情病尚拈花笑。病任缠绵不自伤，再生惟愿嫁王昌。魂归仙处生瑶草，泪到秋来化海棠。道人日对秋风恸，自此心如山不动。无端荔子赚成游，又被梅花邀入梦。梦里巫山十二峰，一峰一朵玉芙蓉。云来先现楼台影，雨去空留月露踪。云来雨去无牵挂，争奈珠娘多愿嫁。恐教紫玉又成烟，且请崔徽齐入画。画成好好复真真，金粉描衣绛点唇。按月数来皆月姊，把花配就即花神。南归携上桐花阁，旧燕新莺方寂寞。楚雨三更笛里吹，蛮烟一点尊前落。态容可似雨香娇，神韵何如秋水饶。小燕比来拚艳冶，又兰看罢羡苗条。四姬为秦淮领袖，道人所品题者。就中独有桐花妹，一再观之忽垂泪。今朝识得道人心，不是凉恩与寒义。不然请看人如玉，眉眼何缘半相熟。分明阿姊在时容，散见珠鬟十二幅。聚星作月月难盈，合草为花花不成。怜他粤浦明珠泪，尚是吴娘暮雨情。情真不见心争舍，遍觅吴娘相似者。四体妍嬉那望同，一看仿佛都教写。此计聪明此意痴，桐花而外只依知。吟成好付桐花唱，趁取潮生月上时。

七夕前一日集听春楼适单芳兰校书亦来与宴喜赠四诗同子山作并柬捧花生　　　药　谙

惊鸿翩影出华堂，压坐亭亭玉一行。半面缘深夸艳福，小名录好冠柔乡。通辞欲托同心语,吹息真成竟体香。珍重桃源诸姊妹,休将轻薄恼王昌。

香车归去笑同扶,遥指红楼入画图。堕凤恰宜人醉后,嗔鹦解道客来无。判平。将泥絮从头证,愧比山矾避面呼。雨香、蔻香皆谓予为弟。是日校书亦作此称。不分仙槎来往路,才横银汉便模糊。

瓜期已误又兰期,怊怅空余楚峡思。肠断不曾真个处,魂销无可奈何时。春愁香雾迷三里,秋拥情波宕一丝。妒煞赏心庭院里,几生修得傍琼枝?

娲石谁填色界天?春风深锁误婵娟。芙蓉泣露真无那,豆蔻含胎亦可怜。金屋待看藏碧玉,墨池终盼出青莲。来朝不乞天孙巧,只为群芳贷聘钱。

赠单芳兰四绝　　　　子　山

此身曾费几生修?花让轻盈柳让柔。一自听春楼上立,雨香居也。肥环瘦燕各千秋。

果然吹气静如兰,卷起湘帘月地看。茶淡酒浓瓜果脆,一窗清话当花餐。

绿杨深处闭疏棂,打桨曾劳几度经。昨向蓝桥高处望,眼波青胜水波青。

不曾真个也魂销,醉倚银屏听玉箫。水嫩山青秋色近,斯人端合住南朝。

泛舟过板桥值月仙小病新愈即事为赠　　　　子　鸳

万里桥边路,乘春一放槎。微吟矜柳絮,薄幸笑桃花。乡思随云散,歌声趁月斜。徐娘风韵好,底要觅丹砂?姬方以药物见属。

　　　买棹白下重寻旧游月仙女士已先
　　物化抚今追昔为之慨然漫作二
　　　诗以志崔护再来之感　　　　古　春

　　琉璃易散彩云归,仙馆尘萦白版扉。凄绝金堂痴燕子,偎人还作
一双飞。

　　青鸾肯信便音乖,望断盈盈一水涯。寻遍花钿何处哭? 空余残
梦落清淮。

历代笔记小说大观总目

汉魏六朝

西京杂记(外五种) [汉]刘歆 等撰 王根林 校点

博物志(外七种) [晋]张华 等撰 王根林 等校点

拾遗记(外三种) [前秦]王嘉 等撰 王根林 等校点

搜神记·搜神后记 [晋]干宝 陶潜 撰 曹光甫 王根林 校点

世说新语 [南朝宋]刘义庆 撰 [梁]刘孝标注 王根林 标点

唐五代

朝野金载·云溪友议 [唐]张鷟 范摅 撰 恒鹤 阳羡生 校点

教坊记(外七种) [唐]崔令钦 等撰 曹中孚 等校点

大唐新语(外五种) [唐]刘肃 等撰 恒鹤 等校点

玄怪录·续玄怪录 [唐]牛僧孺 李复言 撰 田松青 校点

次柳氏旧闻(外七种) [唐]李德裕 等撰 丁如明 等校点

酉阳杂俎 [唐]段成式 撰 曹中孚 校点

宣室志·裴铏传奇 [唐]张读 裴铏 撰 萧逸 田松青 校点

唐摭言 [五代]王定保 撰 阳羡生 校点

开元天宝遗事(外七种) [五代]王仁裕 等撰 丁如明 等校点

北梦琐言 [五代]孙光宪 撰 林艾园 校点

宋元

清异录·江淮异人录 [宋]陶穀 吴淑 撰 孔一 校点

稽神录·睽车志 [宋]徐铉 郭彖 撰 傅成 李梦生 校点

贾氏谭录·涑水记闻 ［宋］张洎 司马光 撰 孔一 王根林 校点
南部新书·茅亭客话 ［宋］钱易 黄休复 撰 尚成 李梦生 校点
杨文公谈苑·后山谈丛 ［宋］杨亿口述、黄鉴笔录、宋庠整理 陈
　　师道 撰 李裕民 李伟国 校点
归田录(外五种) ［宋］欧阳修 等撰 韩谷 等校点
春明退朝录(外四种) ［宋］宋敏求 等撰 尚成 等校点
青琐高议 ［宋］刘斧 撰 施林良 校点
渑水燕谈录·西塘集耆旧续闻 ［宋］王辟之 陈鹄 撰 韩谷 郑世刚
　　校点
梦溪笔谈 ［宋］沈括 撰 施适 校点
麈史·侯鲭录 ［宋］王得臣 赵令畤 撰 俞宗宪 傅成 校点
湘山野录 续录·玉壶清话 ［宋］文莹 撰 黄益元 校点
青箱杂记·春渚纪闻 ［宋］吴处厚 何薳 撰 尚成 钟振振 校点
邵氏闻见录·邵氏闻见后录 ［宋］邵伯温 邵博 撰 王根林 校点
冷斋夜话·梁溪漫志 ［宋］惠洪 费衮 撰 李保民 金圆 校点
容斋随笔 ［宋］洪迈 撰 穆公 校点
萍洲可谈·老学庵笔记 ［宋］朱彧 陆游 撰 李伟国 高克勤 校点
石林燕语·避暑录话 ［宋］叶梦得 撰 田松青 徐时仪 校点
东轩笔录·嬾真子录 ［宋］魏泰 马永卿 撰 田松青 校点
中吴纪闻·曲洧旧闻 ［宋］龚明之 朱弁 撰 孙菊园 王根林 校点
铁围山丛谈·独醒杂志 ［宋］蔡絛 曾敏行 撰 李梦生 朱杰人 校点
挥麈录 ［宋］王明清 撰 田松青 校点
投辖录·玉照新志 ［宋］王明清 撰 朱菊如 汪新森 校点
鸡肋编·贵耳集 ［宋］庄绰 张端义 撰 李保民 校点
宾退录·却扫编 ［宋］赵与时 徐度 撰 傅成 尚成 校点
桯史·默记 ［宋］岳珂 王铚 撰 黄益元 孔一 校点
燕翼诒谋录·墨庄漫录 ［宋］王栐 张邦基 撰 孔一 丁如明 校点
枫窗小牍·清波杂志 ［宋］袁褧 周辉 撰 尚成 秦克 校点
四朝闻见录·随隐漫录 ［宋］叶少翁 陈世崇 撰 尚成 郭明道 校点
鹤林玉露 ［宋］罗大经 撰 孙雪霄 校点

困学纪闻 ［宋］王应麟 撰 栾保群 田松青 校点

齐东野语 ［宋］周密 撰 黄益元 校点

癸辛杂识 ［宋］周密 撰 王根林 校点

归潜志·乐郊私语 ［金］刘祁 ［元］姚桐寿 撰 黄益元 李梦生
　　校点

山居新语·至正直记 ［元］杨瑀 孔齐 撰 李梦生 庄葳 郭群一
　　校点

南村辍耕录 ［元］陶宗仪 撰 李梦生 校点

明代

草木子(外三种) ［明］叶子奇 等撰 吴东昆 等校点

双槐岁钞 ［明］黄瑜 撰 王岚 校点

菽园杂记 ［明］陆容 撰 李健莉 校点

庚巳编·今言类编 ［明］陆粲 郑晓 撰 马镛 杨晓波 校点

四友斋丛说 ［明］何良俊 撰 李剑雄 校点

客座赘语 ［明］顾起元 撰 孔一 校点

五杂组 ［明］谢肇淛 撰 傅成 校点

万历野获编 ［明］沈德符 撰 杨万里 校点

涌幢小品 ［明］朱国祯 撰 王根林 校点

清代

筠廊偶笔 二笔·在园杂志 ［清］宋荦 刘廷玑 撰 蒋文仙 吴法源
　　校点

虞初新志 ［清］张潮 辑 王根林 校点

坚瓠集 ［清］褚人获 辑撰 李梦生 校点

柳南随笔 续笔 ［清］王应奎 撰 以柔 校点

子不语 ［清］袁枚 撰 申孟 甘林 校点

阅微草堂笔记 ［清］纪昀 撰 汪贤度 校点

茶余客话 ［清］阮葵生 撰 李保民 校点